趙福泉／著

◆ 詳細解析：格助詞、接續助詞、副助詞、終助詞用法 ◆

適用
中級

助詞

笛藤出版
DeeTen Publishing

# 前言

本書是學習日文的參考書，可供高中及大專院校同學或自修日語者使用，也可以作為日語教師的參考書。日語的助詞是日語文法的重點，也是難點，因此有深入學習的必要。為了幫助讀者理解這些重點、難點，編者編寫了這本書，以供參考、使用。所謂「基礎日本語助詞」指的是日語基礎階段較常見、常用的日語助詞，因此它不包括用在文章裡的書面語助詞，也不包括不常見的助詞用法。本書從基礎日語助詞用法，結合例句做了詳細的說明，讀者在研究用法說明之後，肯定會有所幫助。本書說明力求深入淺出、通俗易懂，例句也力求貼近日常生活，希望讀者能夠理解並實際應用。

為了避免發生誤解，說明中所使用的文法用語，採用了日語的一般說法，如述語、連用修飾語、連體修飾語等。在說明過程中，有時列出〔參考〕一項，它不屬於基礎文法的範圍，提出來僅供讀者參考。針對一些容易出現的錯誤，本書也舉出一些錯誤例句以提醒讀者注意。另外，適當地利用一些圖、表，供讀者進一步掌握並加深理解。

本書除了在總說簡單介紹日語助詞外，共分四章：第一章格助詞、第二章接續助詞、第三章副助詞、第四章終助詞。重點置於第一、二、三章。

本書由於篇幅有限，或許仍有部分說明得不夠周詳，請讀者諒解之外，也請多多指教。

編 者 趙福泉

# 使用說明

## 1 目錄與索引

本書前面的目錄，是按章節順序編排；書後面的索引，是將此書收錄的助詞相關單字、慣用型等，按あ、い、う、え、お順序編排，供讀者查詢每個單詞、慣用型所在的章節。

## 2 使用的術語

本書以中文說明，但為了避免誤解，書中出現的術語是將日本當地出版的語言書籍中，將常用的詞類術語如：述語、連用修飾語、連體修飾語等……，直接作為中文使用於本書的說明中。

### 3 例句前面的符號

例句中正確的句子前面用「○」符號；錯誤的句子則在句子前面畫有「×」符號；有的句子雖不是錯誤，但較不常用須再考慮的句子前則畫有「？」符號，以示區別。

### 4 其他

本書在部分章節列入圖表，讀者可與其說明對照比較。

# 基礎日本語　助詞

前言 3

總說 15

1 有關日語文法的一些用語……16

1 文、節、文節、單語／16

2「文」的構成―主語、術語等／19

3「文」的分類―單文、複文／22

4 單語的分類／24

5 活用語的活用／26

2 有關助詞問題……29

1 助詞的特點／29

2 助詞的接續關係／30
3 助詞的分類／34

第一章　格助詞……37

1 が……39
2 の……47
3 を……53
4 に……61
5 へ……84
6 と……90
7 で……103
8 から……113
9 より……116

## 第二章　接續助詞　123


1 て……126
2 ながら……139
3 たり……145
4 し……149
5 から……152
6 ので……157
7 が（けれども）……160
8 のに……166
9 ては……171
10 ても（たって）……178
11 ば……191
12 と……199
13 ところ、ところが……213

14 ところで……215
15 もの……217
16 ものの……218
17 ものを……220

第三章 副助詞 223

1 は……225
2 こそ……235
3 も……242
4 さえ……253
5 でも……259
6 だって……267
7 まで……271

8 だけ …… 281
9 しか …… 293
10 ばかり …… 297
11 ほど …… 308
12 ぐらい（くらい）…… 316
13 など …… 323
14 か …… 328
15 とか …… 337
16 や …… 339
17 やら …… 344
18 だの …… 348
19 の …… 349
20 なり …… 351
21 ずつ …… 352

## 第四章 終助詞 357

1 か(かい)……359
2 かしら……362
3 な(なあ)……363
4 ね(ねえ)……367
5 さ……371
6 わ(わい)……374
7 ぞ、ぜ……376
8 よ……377
9 や……381
10 とも……384

結束語 388
索引 389

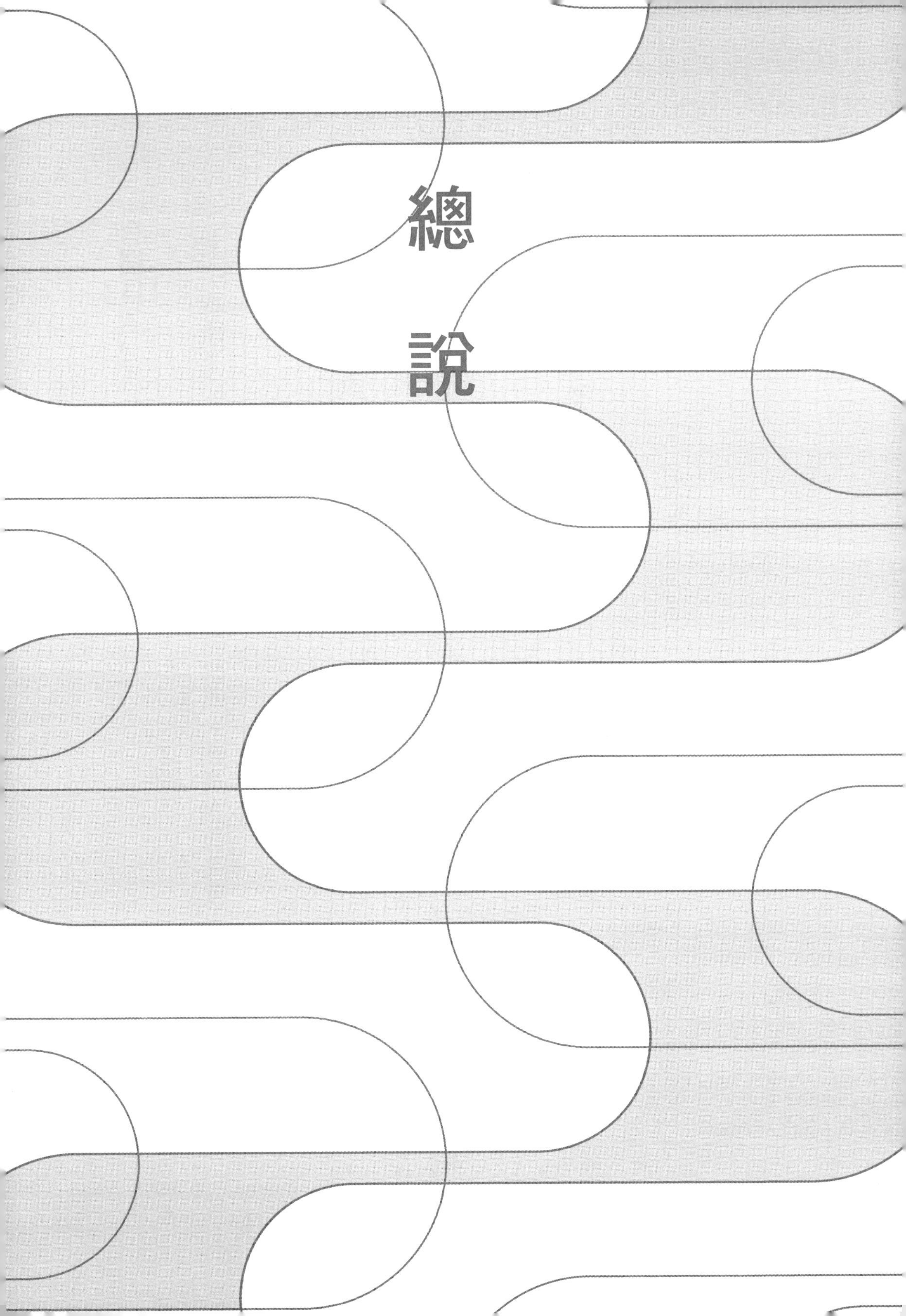

# 總說

## 1 有關日語文法的一些用語

為了讓讀者能夠更容易理解本書的說明，在這裡首先就日語文法主要用語做一些簡單的介紹。

### (1) 文、節、文節、單語

日語的文，相當於英文的“Sentence”，和中文的「句子」，而不是中文的文章，這是很容易誤解的。文有時候較長，有時又很短，甚至是由一兩個單語組成的。如：

○バスが大(おお)きいから一台(いちだい)に五十人(ごじゅうにん)も乗(の)れます。
／因為公車很大，一輛可以坐五十個人。

○あぶない！
／危險！

○止(よ)せ！
／停下！

○火事（かじ）だ！

／著火了！

上述第一句較長，是文，後三句都是由一個或兩個單語構成的，雖然很短，但也是文。那麼是什麼文呢？以內容上來說，它表達了一個完整的意思；從形式上來看，文的後面有句號。或問號？、驚嘆號！等。

其次是節，日語裡的節相當於英語的"clause"，相當於中文的「句子形式」或「子句」。它具有主語、述語（有時可以省略），但不是獨立的，而是包含在其他句子裡的。如：

○象（ぞう）は鼻（はな）が長（なが）いです。

／大象鼻子長。

○彼（かれ）のかく絵（え）は非常（ひじょう）によいです。

／他畫的畫很好。

○母が病気なので、心配です。

／媽媽生病了，所以我很擔心。

上述句子裡特別用顏色標示的地方，都是一個完整句子的一部分，並且都有主語和述語，因此都是節，我們簡稱為子句或小句子。

再其次是文節，在英文或中文裡沒有和它相對應的詞彙。當我們在講一個較長的文（句子）時，一般並不會從頭到尾連著講，而在中間會有些停頓。如：

○バスが 大きいから、 一台に 五十人も 乗れます。

／因為公車很大，一輛可以坐五十個人。

上述句子可以像上面那樣，稍稍停頓一下來講，也就是可以形成許多小段落，這些小段落，則是文節，簡單來說，文節則是構成文的直接單位，在講話時是可以稍作停頓的。

至於單語，則是英語的"word"，中文的「單字」。這是比較容易理解的。如：名詞、助詞、形容詞、助動詞等。但和中文不同的是：日語裡的動詞、形容詞等有語尾變化，這一變化的語尾也屬於這一單語。還有所謂的助詞，這一助詞中文裡沒有，因此不容易掌握，如上述句子中的が、から、に、も等則是助詞。

## (2)「文」的構成——主語、述語等

一個文（句子）一般由主語、述語構成。如：

○田中さんが帰りました。

／田中先生回去了。

○飛行機は速いです。

／飛機很快。

上述句子裡的田中さんが、飛行機は是主語，表示這一主體是什麼；而帰りました、速いです則是述語，表示主體如何了、怎麼了。

一個句子除了主語、述語以外，有時候還會有客語和補語。如：

○母は毎日テレビを見ます。

／媽媽每天看電視。

○父は夕飯後新聞を読みます。

／爸爸晚飯後看報。

上述句子的テレビを、新聞を則是客語（又稱目的語）。一般來說，由助詞を構成的文節，則是客語，表示他動詞的動作所波及或支配的對象。再如：

○田中さんは故郷へ帰りました。

／田中先生回家鄉了。

○飛行機は自動車より速いです。

／飛機比汽車快。

上述句子裡的故郷へ、自動車より都是補語。一般來說，補語是除了助詞を以外，由其它的助詞如：に、へ、と、から、まで、より等構造而成，用來幫述語做補充說明的文節。

　除了主語、述語、客語、補語外，還有所謂修飾語，修飾、限定上述的成分。修飾名詞的稱為連體修飾語；修飾動詞、形容詞、形容動詞的則是連用修飾語。如：

○家の前にきれいな庭があります。

／房子前面有座很漂亮的庭院。

○庭には美しい花が咲いています。

／庭院裡開著美麗的花。

　上述句子裡的きれいな、美しい從詞性來看分別是形容動詞、形容詞，從句子成分來看，則都是連體修飾語，即修飾體言（名詞）的用語。

○答案をもっときれいに書いてください。

／請把考卷寫得更端正些！

○庭にはいろんな花が美しく咲いています。

／庭院裡各種花開得很美麗。

上述句子裡的きれいに、美しく從單語這個角度來看分別是形容動詞、形容詞的副詞用法，但從句子成分上來看，則都是連用修飾語，即修飾用言（動詞、形容詞、形容動詞）的用語。

有的日語文法學者，認為補語也是連用修飾語的一部分，此說法也是可以的。

### (3)「文」的分類——單文、複文

一個文（句子）從構造上加以分類，則可分為單文和複文兩種。單文是主語和述語在句子裡只出現一次（當然有時候可以省略），整個句子裡不包括節。

○母は毎日テレビを見ます。

／媽媽每天看電視。

○父は夕飯後新聞を読みます。

／爸爸晚飯後看報。

上述兩個句子，主語和述語都只出現一次，因此都是單文。

複文則與單文相反，一個句子中，主語或述語出現兩次或兩次以上，也就是句子裡包含了節，即含有子句（或稱為小句子）。如：

○象は鼻が長いです。

／大象鼻子長。

○私は水泳が好きです。

／我喜歡游泳。

○日がくれるから、私たちは急いで帰りましょう。

／天要黑了，（我們）快回去吧。

○彼が失敗するのはまったく意外でした。

／他會失敗完全是個意外。

○山が高く、川が深いです。

／山高水深。

上述句子有的主語出現兩次，有的述語出現兩次，也就是說句子裡包含有節（子句），特別用顏色標示的地方則是句子裡的節，因此儘管它們的形式不同，卻都是複文。但最後一個句子，前後並列兩個節（子句），日本有的文法學者稱它為重文，這麼稱呼也是可以的，但為了說明方便起見，本書一併稱之為複文。

## (4) 單語的分類

### ①使用方法上的分類

從它構成的「文節」的情況來看，可分為自立語與附屬語。自立語可以獨自地使用，也就是獨自構成文節，而附屬語只能接在獨立語下面，附屬於自立語，才能構成文節。如：

○体は頭、首、胴、手、足などの部分に分けられます。

／身體分為頭、脖子、上身、手、腳等部分。

○電車の音、げたの音などいろいろまじって聞こえます。

／電車的聲音、木屐的聲音混雜在一起傳了過來。

上述句子裡的首（くび）、手（て）、足（あし）、音（おと）等單獨就可以構成文節，因此是自立語。而聞（き）こえる等動詞也可以下面不加ます等使用，因而也是自立語；而は、の、に等助詞，必須附在其他的單語下面，才能構成文節，因此是附屬語；其它如分（わ）けられる中的れる以及聞（き）こえます中的ます，也只能附在單語下面構成文節，因此也是附屬語。

### ②從活用與否進行的分類

從單語有無活用來看，可以分為活用語與非活用語。如：同是一個書（か）く，就可以說書（か）かない、書（か）きます、書（か）く人（ひと）、書（か）けば、書（か）け，這類能夠變化的動詞、以及形容詞、形容動詞等，都為活用語。另外助動詞也是活用語。其他名詞、副詞、接續詞、感嘆詞以及助詞等，一般是沒有變化的，因此是非活用語。

### ③從形態上進行的分類

從形態上來講，單語共分成十個種類。分別是名詞（體言）、動詞、形容詞、形容動詞（以上三者為用言）、副詞、連體詞、接續詞、感動詞、助動詞、助詞。

歸納起來，它們之間的關係大致如下：

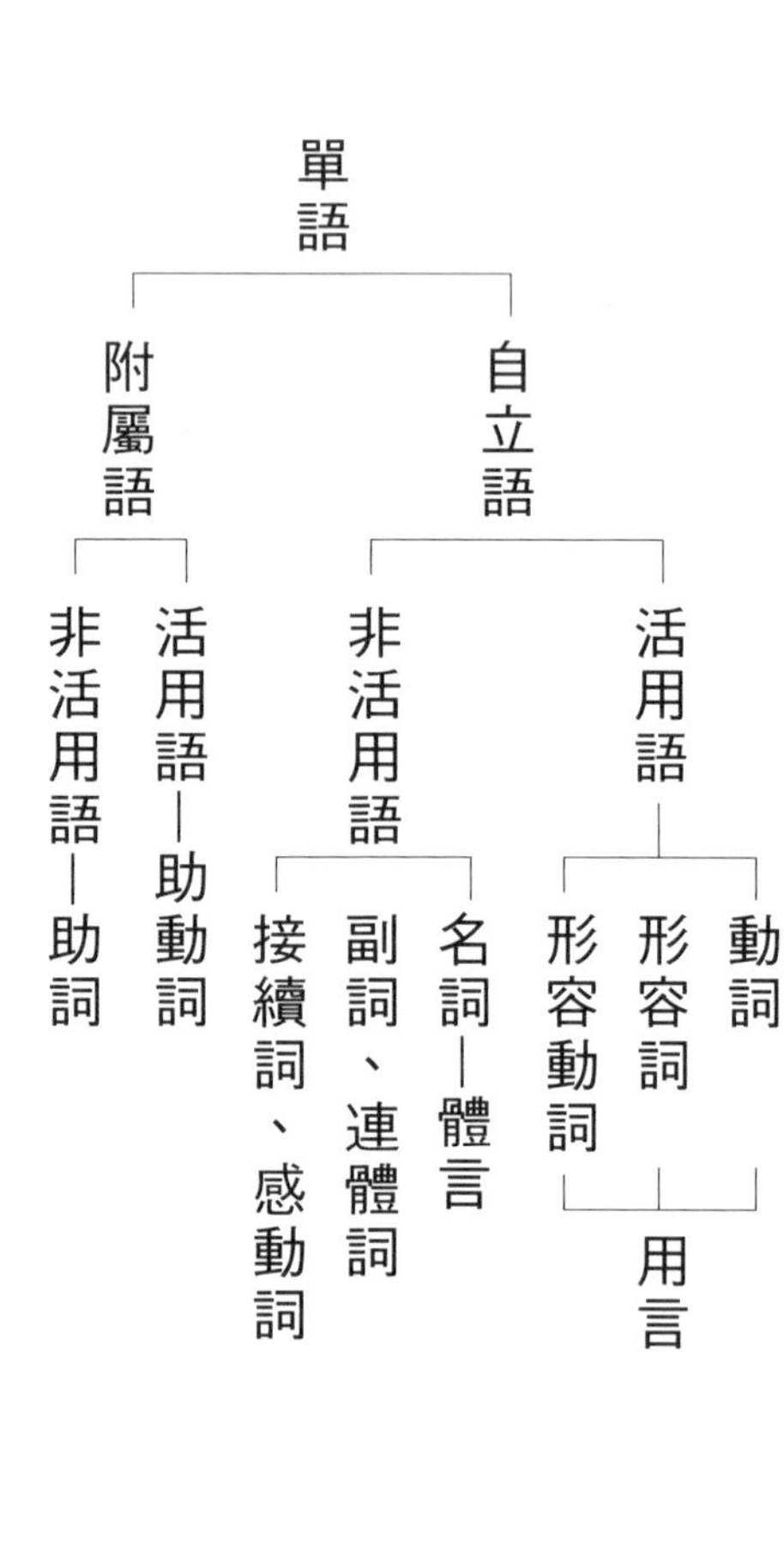


## (5)活用語的活用

動詞、形容詞、形容動詞和助動詞，它們是活用語，活用語根據使用的場合不同，會有不一樣的變化，這種變化稱為活用語的變化。但這些活用語，除了有會產生變化的部分也有不變化的部分。不變化的部分稱為語幹，變化的部分稱為語尾。如：

切（き）る，る變化是語尾，切（き）不變化，則是語幹；起（お）きる，きる變化是語尾，起（お）不變化則是語幹，但像着（き）る、見（み）る這類的上一段活用動詞，きる、みる都要變化，因此きる、みる都是語尾，而這類動詞則沒有語幹。其他如：来（く）る、する等動詞也是如此，都是語尾，沒有語幹。形容詞、形容動詞也一樣，變化部分是語尾，不變化部分是語幹。

動詞有六種變化，即六個活用形。具體變化如下：

| 基本形 | 語幹 | 一變化<br>未然形 | 二變化<br>連用形 | 三變化<br>終止形 | 四變化<br>連體形 | 五變化<br>假定形 | 六變化<br>命令形 |
|---|---|---|---|---|---|---|---|
| 切（き）る | き | ら | り | る | る | れ | れ ろ よ |
| 見（み）る | ○ | み | み | みる | みる | みれ | れ ろ よ |
| 主要用法 | | ない<br>よう（う） | ます<br>た | 結束句子 | 下接體言 | 下接ば | 表示命令 |

形容詞、形容動詞、助動詞一般只有五個變化，即五個活用形，前五個與動詞相同，而沒有第六個變化命令形。

以上是動詞、形容詞、形容動詞、助動詞的活用情況，至於每個活用形怎麼用，由於篇幅所限就不再一一說明了。

## ②有關助詞問題

### (1)助詞的特點

助詞是沒有語尾變化的附屬語，它只有稀薄的詞義，不能直接獨立地表達任何主客觀事物。它必須附在其他詞語下面來發揮其輔助作用。如：

○この建物の上に登れば海が見えます。
／登上這棟建築，就能看到海。

○君たちもね、勉強だけは決してなまけるなよ。
／你們呀！唯有學習千萬不能鬆懈。

上述句子裡有特別用顏色標示的詞都是助詞。前一句的の表示建物和上的關係，に是表示建物之上的關係。也就是前一句中的の、に附在名詞下面，表示詞與詞之間的關係，完成闡明句子之構造的任務。後一句中，如果將勉強だけは說成，勉強を句子也通，但意思稍有不同。用を時僅僅表示勉強與なまける的關係，把它說成

勉強（べんきょう）だけ則表示限定，即只有學習、唯有學習，再加上は就增加了特別指出的強調之意。還有君（きみ）たちも的も，雖然也表示特別指出的意思，但和は不同，它表示著你們同樣也……的意思。な附在なまける下面，表示禁止的意思。ね、よ分別附於文節或句子的後面，有加強語氣的作用。像這樣後一句中特別用顏色標示的詞，都是附在單語、文節、文（即句子）等的下面，來增添某些意思。由此可以了解，助詞是一種附於其他詞之下，來表示相互的關係、或增加意思的品詞。

## (2) 助詞的接續關係

上述兩個句子裡使用了不少的助詞，如：の、に、ば、が、も、ね、だけ、は、よ等，而這些助詞的接續以及意義如下：

①の、に、が**主要是接在**體言**下面，其它如：**を、へ、と、か、ら、で**等都屬於這一類。如：**

○本を読む。
／讀書。
○学校から帰る。
／從學校回來。
○ペンで書く。
／用筆寫。

②ば是接在用言、助動詞等活用語的假定形下面，像這樣接在活用語下面的助詞，其變化都是有規律的。て、ても、ながら、けれども、が、し、から、のに等都屬於這一類。如：

○テレビを見ながら勉強する。
／一面看電視，一面讀書。
○立って答える。
／站著回答。

○雨も降るし、風も吹く。

／既下雨又颳風。

○暑いから窓を開けなさい。

／因為很熱，請把窗戶打開。

③も、だけ、は**等既可以接在**體言**下面，也可以接在**用言**或**其他詞語**（如副詞）下面，增加各種語意。其它有較多這樣的助詞。如：**こそ、さえ、ぐらい、ばかり、ほど、なり、とか、か、だの**等都屬於這一類。如：**

○電燈さえない。

／連電燈也沒有。

○一週間ばかり休んだ。

／休息了一個多星期。

○努力(どりょく)してこそ成功(せいこう)できる。
／只有努力才能成功。
○読(よ)みはしたが分(わ)からなかった。
／看是看了，但還是不懂。

**④ね、よ等既可以接在體言下面，也可以接在用言、助動詞及其他詞語下面，表示各種語意。如：よ、な、ぞ、ぜ、わ、さ、かしら、とも等都屬於這一類。如：**

○はやく行(い)かないと、遅(おく)れるぞ。
／不快點去會來不及呀。
○これは松本清張(まつもとせいちょう)の小説(しょうせつ)よ。
／這是松本清張寫的小說。
○この薬(くすり)を飲(の)んでいいかしら。
／這藥可以吃嗎？

### (3) 助詞的分類

日語的助詞，由於日語語言學者的學說的不同，有多種多樣的分類。主要有：

**①根據接續關係進行的分類。分別有：**

1 接在體言下面—のに、が、を、へ、に、より、から、で等。

2 接在用言下面—ば、ので、ても、けれども、に、ながら、で等。

3 接在各種品詞下面，即接在體言下面，也接在用言、助動詞以及副詞等下面—は、も、か、でも、さえ、まで、ばかり等。

**②根據助詞的作用進行的分類。分別有：**

1 格助詞—が、の、を、に、へ、と、で、から、より等。

2 接續助詞—て、し、ながら、たり、ば、と、から、ので、ても、とも、けれども、が、のに等。

3副助詞──は、こそ、も、さえ、すら、でも、だって、しか、まで、だけ、ばかり、ほど、ぐらい、など、なり、やら、や、か、とか、だの、の、ずつ等。

4終助詞──か、ね、よ、な、ぞ、ぜ、わ、とも、さ、かしら等。

# 第一章 格助詞

格助詞主要接在體言下面，表示所接受的體言與其他單語處於怎樣的關係。如：

○学校からバスに乗り、東へ行き、駅に着きます。

／從學校搭公車，往東行駛，接著就到車站。

○東の方に高いビルが見えます。

／東邊有一座高聳的大樓。

上述的句子中特別用顏色標示的詞，都是格助詞，都是接在體言下面，表示所接受的體言與下面的單語處於怎樣的關係。也就是說，から和に將学校和バス和乗り連接起來，將它們之間的關係確定下來。像這樣規定單語和單語之間的關係的助詞則是格助詞。因此格助詞主要是接在體言下面，有時接在與體言具有同等資格的詞語（如：活用語的連體形、連用形或副詞等）下面，偶爾也接在其它的助詞（如：～からの中的の）下面，表示各種意義。主要的有が、の、を、に、へ、と、から、より、で等。下面逐一加以說明。

## 1が

(1)多接在體言下面，做句子的主語。表示所接的體言是主語，但多用來表示客觀事實。在中文裡一般翻譯不出來。

### ①一般單句

○太陽(たいよう)が出(で)ました。
／太陽出來了。

○雨(あめ)が降(ふ)りました。
／下雨了。

○砂糖(さとう)が甘(あま)いです。
／糖很甜。

○雪(ゆき)が白(しろ)いです。
／雪白。

在構成疑問句，疑問詞（如：何(なに)、誰(だれ)、どなた、どこ、どちら等）做主語時，主語下面用が，同樣地，回答時主語下面也用が。

○どなたが内山先生(うちやませんせい)ですか。
／請問哪一位是內山老師？
私(わたし)が内山(うちやま)です。
／我就是內山。

○（地図(ちず)を見(み)て）どこが新宿(しんじゅく)ですか。
／（看著地圖）請問哪裡是新宿？
ここが新宿(しんじゅく)です。
／這是新宿。

○どれが丈夫(じょうぶ)ですか。
／哪一個結實呢？
これが丈夫(じょうぶ)です。
／這個結實。

○誰（だれ）が一緒（いっしょ）に行（い）くのですか。

／誰會一起去呢？

李（り）さんが一緒（いっしょ）に行（い）きます。

／李先生會一起去。

上述句子裡的どなた、どこ、どれ、誰（だれ）都是疑問詞，因此它們做主語時，下面都要用格助詞が，答句的主語下面也要用が。

が也可以接在用言、副詞、助詞下面，同樣地表示所接的詞語是主語，如：

○行（い）くがよろしい。

／去的話比較好。

○言（い）わぬがいい。

／不說的話比較好。

實際上這類句子是將形式名詞の等省略後的說法，即和下面的說法是相同的。

○行くのがよろしい。

／去的話比較好。

○言わぬのがいい。

／不說的話比較好。

另外也有下面這種省略了較多詞語的句子。如：

○これから（の演出）が面白いです。

／從這之後（的表演）就有趣了。

○十番まで（の人）が甲組です。。

／到十號為止（的人）是甲組。

②構成複句

1一般複句：小句（如：條件句）主語下面一般用が，大句子主語下面用は。如：

○雨が降れば、彼は来ません。
／如果下雨，他就不來了。
○姉が住んでいる家は非常に狭いです。
／姊姊住的房子很狹窄。
○私がおじいさんの所から帰ったら、母はすぐおじいさんの様子を尋ねました。
／我一從外公那裡回來，母親就問了外公的情況。

**2 構成總主語句：這種形式也是複句的一種。一般來說，小主語是大主語所屬的一個部份。這是日語的一種特殊表現形式，總主語下面用は，小主語下面用が。如：**

○象は鼻が長いです。
／大象的鼻子長。
○李さんは成績がいいです。
／小李的成績好。

○東京(とうきょう)は物価(ぶっか)が高(たか)いです。

／東京物價高。

○私(わたし)（に）は本(ほん)がたくさんあります。

／我有很多書。

上述句子都是總主語句，前面的總主語下面用は，而後面的小主語下面用が。但母語為中文的學習者，常常沒能掌握好這個原則，會以中文的說話習慣表現出下面這種說法，但其實這並不符合日文的說法，一般要用後面的說法。

×象(ぞう)の鼻(はな)が長(なが)いです。↓○象(ぞう)は鼻(はな)が長(なが)いです。

／大象的鼻子長。

×私(わたし)の頭(あたま)が痛(いた)いです。↓○私(わたし)は頭(あたま)が痛(いた)いです。

／我頭痛。

**(2)做句子的對象語。同樣地接在體言下面，表示所接的體言是動作的對象。這種句子也是複句的一種，也是總主語句。在中文裡翻譯不出來。**

○私は新しいスニーカーが欲しいです。
／我想要新的球鞋。
○私たちはよい辞書が必要です。
／我們需要好一點的字典。
○田中さんは野球が好きです。
／田中先生喜歡打棒球。
○私は酒が嫌いです。
／我討厭酒。

上面句子裡的助詞が前面的詞語都是對象語，表示動作的對象。

在表達這類句子時，有些學習者往往將が錯說成を，這是不合日語文法的。一般要用後面打○的說法。

×みんなは新しいユニフォームを必要です。↓○みんなは新しいユニフォームが必要です。

／大家需要新的制服。

×日本語を勉強するために電子辞書をいります。↓○日本語を勉強するために電子辞書がいります。

／為了學習日語，需要電子字典。

×私は和菓子を好きです。↓○私は和菓子が好きです。

／我喜歡日式點心。

---

**〔參考〕**

「わが国」、「わが学校」、「わが家」中的「が」，與口語的「の」的意思用法相同，雖也屬於格助詞，但它們是書面語用法，因此本書不再進一步說明。

## ②の

**(1) 接在體言下面，構成連體修飾語，表示事物的所屬或性質等。相當於中文的「的」。**

○私（わたし）の友達（ともだち）
／我的朋友

○彼（かれ）の本（ほん）
／他的書

○友達（ともだち）の帽子（ぼうし）
／朋友的帽子

○おじさんの時計（とけい）
／叔叔的手錶

○学校（がっこう）の玄関（げんかん）
／學校的玄關

○公園（こうえん）の入口（いりぐち）
／公園的入口

○紙（かみ）の箱（はこ）
／紙箱子

○ブリキの缶（かん）
／白鐵罐

○青森（あおもり）のりんご
／青森的蘋果

○台南（たいなん）のバナナ
／台南的香蕉

有時也接在副詞下面，這時候的副詞已轉化為名詞，因此構成連體修飾語。相當於中文的「的」。如：

○少(すこ)しの違(ちが)い
／稍稍的不同

○大概(たいがい)の見通(みとお)し
／粗略的估計

○暫(しばら)くの別(わか)れ
／暫時的分別

有時也接在其他助詞下面，構成連體修飾語，表示相同的意思。如：

○友達(ともだち)との約束(やくそく)
／和朋友的約定

○学校(がっこう)への道(みち)
／上學的路

○少(すこ)しばかりの間違(まちが)い
／些許的錯誤

○すぐ帰(かえ)れとのメール
／內容為「速歸」的郵件

○実物(じつぶつ)を見(み)てからの相談(そうだん)
／看過實品後的商談

○息(いき)を飲(の)むほどの美(うつく)しさ
／令人屏息的美

の上述用法是比較簡單的，但也常常犯下面的錯誤。如：

×コーヒーを飲むの人　　×青いの空

儘管在中文裡，句子中有的，但在日語裡，動詞、助動詞、形容詞下面，是不用加の，這完全是畫蛇添足的說法，正確的說法應該是：

○コーヒーを飲む人　　○青い空

／喝咖啡的人　　／藍色的天空

**(2) 在複句裡，接在體言等下面，代替表示主語的「が」。在中文裡一般翻譯不出來。**

○雨の降る日でも、予定通りサッカーの試合を行いました。

／即使是下雨天，也按預定計畫進行了足球比賽。

○王さんの本を読む声が聞こえます。

／傳來了王先生唸書的聲音。

○肌の黒い人は丈夫そうに見えます。

／皮膚黑的人看起來很健康。

○周囲の静かなのが気に入りました。

／周圍安靜這一點我很喜歡。

上述句子裡，特別用顏色標記的の都是代替主格助詞が，因此也可以換用が，來表示所接的體言是小句子，即連體修飾語裡的主語。

有時接在體言下面，代替表示對象語的「が」，表示所接的體言是後續動詞、形容詞的對象。在中文裡一般翻譯不出來。

○音楽の好きな弟

／喜歡音樂的弟弟

○辞書のほしい方はいませんか。

／有沒有人要買字典的？

○ピアノのうまいのが大評判(だいひょうばん)です。
／他鋼琴彈得很好，廣受好評。
○お茶(ちゃ)の飲(の)みたい時(とき)にはこれをお飲(の)みなさい。
／想喝茶的時候，請喝這個！

以上句子裡，特別用顏色標記的の都是代替表示對象語的が，由於它們都在連體修飾語及小句子裡，因此可以用の也可以用が。

以上是の的主要用法，另外也有下面這種多少有些變化的用法，它們雖然也在小句子裡，但不是代替が的，因此也不能換用が。如：

○ビールのよく冷(ひ)えたのを用意(ようい)しましょう。
／準備一些冰涼的啤酒吧！
○洋服(ようふく)の古(ふる)くなったのを売(う)りました。
／把舊的衣服賣掉了。

上述句子裡特別用顏色標記的の，不是代替が，而是含有「～の中(なか)の～（……之中的……）」的意思，前一句表示ビールの中(なか)の冷(ひ)えたのを（啤酒裡的涼啤酒），後一句表示洋服(ようふく)の中(なか)の古(ふる)くなったのを（衣服裡穿舊了的），因此它們不能用が。

---

**〔參考〕**

在日語裡，也有下面這種用法：

○登(のぼ)るのが難(むずか)しいです。
／爬上去是很難的。

○きれいなのをください。
／請給我乾淨的。

這兩個句子裡的の，不是助詞，而是形式名詞（也稱為形式體言），是代替了こと或もの做主語的。因此它不屬於助詞的說明範圍之內。

## ③を

(1)接在體言（包括形式體言）下面，後續他動詞，用「～を他動詞」句式，構成客語文節，表示所接的體言是動作的對象、目的物，相當於中文的「把」、「將」的意思，但往往不會翻譯出來。如：

○水を飲む。

／喝水。

○字を書く。

／寫字。

○家を建てる。

／建造房子。

○母は毎日テレビを見ます。

／媽媽每天看電視。

○父は夕飯後新聞を読みます。
／父親晚餐後會看報紙。
○友達の来るのを待っています。
／等朋友來。

有些自動詞的前面也可以用を，構成「～を自動詞」，來加強自動詞的語意，含有意識地進行這一活動的含意。如：

○私ははやく仕事を終わって駅へ急ぎました。
／我提前結束工作，趕去車站了。
○図書館の落成を急いでいます。
／日前正在抓緊時間修建圖書館。

上述句子裡的終わる、急ぐ都是自動詞，但有時能構成「～を自動詞」句式，也構成客語文節，表示有意識地進行某一活動。如前一句仕事を終わる則表示主語有意識地提前結束工作；後一個句子落成(らくせい)を急(いそ)ぐ則表示有意識地抓緊時間趕修圖書館。

**(2)接在體言下面，後續使役動詞，構成客語文節，用「〜を〜せる〜（或させる）」句式，表示所接的體言，是使動作的對象。在中文裡多半不會翻譯出來。如：**

○車(くるま)を走(はし)らせて行(い)きました。

／開車過去了。

○子供(こども)を泣(な)かせてはいけません。

／不要讓孩子哭！

○人(ひと)を失望(しつぼう)させないようにしなさい。

／請你不要讓人失望！

○李(り)さんを帰(かえ)らせて、王(おう)さんを残(のこ)らせました。

／讓李先生先回去，把王先生留下了。

**(3) 接在體言下面，後續表示移動的自動詞構成「～を自動詞」句式，含有以下幾種含意：**

**①表示活動的場所。但這時的活動多是直線前進的。相當於中文的「在」。如：**

○廊下を走ってはいけません。

／不要在走廊上奔跑。

○飛行機は南の空を飛んでいきました。

／飛機往南方的天空飛過去了。

○川を泳いで向こうの岸に渡りました。

／在河裡游泳，游到了對岸。

○父は毎日川のほとりを散歩します。

／父親每天在河邊散步。

用「～を移動動詞」時，表示直線前進，如：

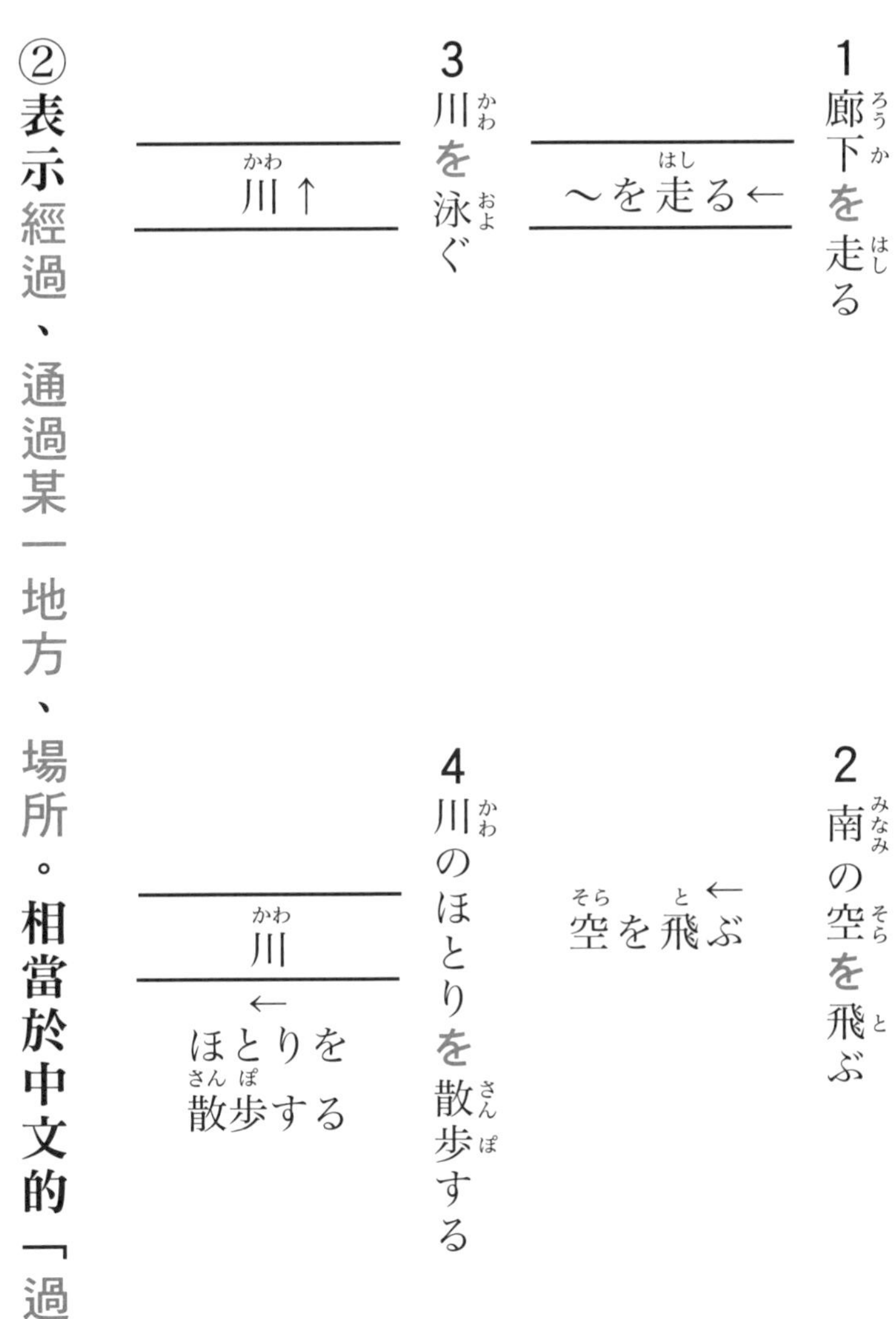


1 廊下を走る

2 南の空を飛ぶ

3 川を泳ぐ

4 川のほとりを散歩する

②**表示**經過、通過某一地方、場所。**相當於中文的「過」。**

○橋を渡って町の中に入りました。

／過了橋到街裡去。

○毎日汽車が山の下を通っていきます。

／火車每天經過山腳。

○その村は山を越えたところにあります。

／那座村落在越過山的地方。

○眠っている間に電車は名古屋をすぎました。

／在睡覺的時候，電車經過了名古屋。

○坂をのぼったり、くだったりして大変疲れました。

／一下爬坡、一下下坡，實在是太累了。

如：

1 橋を渡る

はし

2 山の下を通る

やま

3 山(やま)を越(こ)える

やま

4 名古屋(なごや)をすぎる

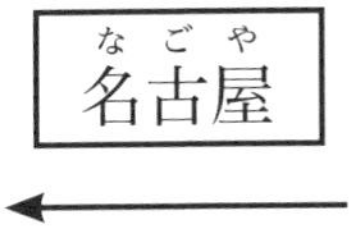

名古屋(なごや)

有時を所接的體言是時間名詞或時間數詞，同樣表示「過」。

○もう十時(じゅうじ)をすぎたでしょう。

／已經過了十點鐘了吧。

○あの人(ひと)はもう三十(さんじゅう)を越(こ)えました。

／他已經年過三十了。

③**表示離開某一地點、場所。相當於、中文的「由」、「從」、「離開」等。如：**

○毎朝七時(まいあさしちじ)に家(いえ)を出(で)ます。

／每天早上七點從家裡出來。

○彼(かれ)はアメリカを離(はな)れて国(くに)へ帰(かえ)ってきました。

／他離開美國回國了。

○野村先生(のむらせんせい)は今晩(こんばん)東京(とうきょう)をたつそうです。

／聽說今晚野村老師會從東京出發。

○父(ちち)は五十五歳(ごじゅうごさい)で職場(しょくば)を去(さ)りました。

／父親五十五歳時離開了工作崗位。

○彼(かれ)はゆっくり二階(にかい)をおりてきました。

／他慢慢地從二樓走了下來。

如：

1 家(いえ)を出(で)る

いえ

2 アメリカを離(はな)れる

アメリカ

3 東京をたつ

東京 ←

4 職場を去る

職場 ←

## ④に

### (1) 接在體言下面，表示存在的場所。相當於中文的「在」。

○庭にはテニスコートがあります。

／院子裡有網球場。

○李先生は今事務室にいます。

／李老師現在在辦公室。

○兄は東京に三年間住んでいました。

／哥哥在東京住了三年。

○道端には花が咲いています。

／路邊有花盛開著。

**(2)接在表示時間的體言下面，表示做某動作的時間點。相當於中文的「在」，有時也不翻譯出來。**

○毎日六時に起きます。

／每天六點起床。

○十年前に会ったことがあります。

／十年前見過面。

○来月の三日に出発する予定です。

／預定下個月三號出發。

○寝る前に薬を飲みました。

／在睡前吃了藥。

○夕方に帰ります。

／傍晚回去。

(3) 接在表示場所、地點的體言下面，表示歸著、到達點。相當於中文的「到」，或根據前後關係適當地翻譯成中文。

○日本に行きます。
／到日本去。

○その晩に東京に着きました。
／當晚抵達了東京。

○今日六時頃、家に帰ります。
／今天六點左右回家。

○道端に木を植えます。
／在路旁種樹。

○本を本棚に並べなさい。
／請把書擺在書架上。

(4)接在體言下面，表示動作、作用的結果。相當於中文的「成為」、「做成」、「變成」，或根據前後關係適當地翻譯成中文。

○氷(こおり)が水(みず)になりました。

／冰變成水了。

○兄(あに)は文学家(ぶんがくか)になりたいと言(い)っています。

／哥哥說他想當文學家。

○講堂(こうどう)を会場(かいじょう)にしました。

／將禮堂當成了會場。

○米(こめ)を粉(こな)にして餅(もち)を作(つく)ります。

／把米磨成粉來做年糕。

○古(ふる)いものを売(う)ってお金(かね)にかえました。

／把舊東西賣掉，換成錢。

(5) 接在表示具體人物的體言下面，表示動作的對象。相當於中文的「向」、「給」、「對」，或不翻譯出來。如：

○分からない時には先生に聞きます。
／我不懂的時候，會問老師。

○これをあなたに差し上げます。
／這個送給您。

○日本語で相手に答えなさい。
／請用日語回答對方。

○この事を母に知らせませんでした。
／沒有把這件事告訴母親。

○人によい印象を与えました。
／給人一個好的印象。

若接在表示抽象事物的體言下面時，則表示動作、作用的目標。相當於中文的「對於」，或不翻譯出來。

○仕事(しごと)に取(と)り掛(か)かります。

／著手工作。

○経済学(けいざいがく)の学習(がくしゅう)にうちこみます。

／專心學習經濟學。

○困難(こんなん)に負(ま)けてはいけません。

／不要被困難給打敗。

○彼(かれ)の意見(いけん)には僕(ぼく)は反対(はんたい)です。

／我反對他的意見。

○僕(ぼく)もみんなの意見(いけん)に賛成(さんせい)です。

／我也贊成大家的意見。

**(6)接在數量詞下面，構成「～數量詞に數量詞～」句式，表示比例、分配的基準。相當於中文的「每……」。如：**

○一週間(いっしゅうかん)に一回当番(いっかいとうばん)をします。

／每一星期值班一次。

○四時間おきに一回薬を飲みます。
／每四小時吃一次藥。
○十メートルごとに一本木を植えます。
／每十公尺栽種一顆樹。
○米一杯に水を二杯入れます。
／一碗米用兩碗水。

**(7) 接在體言下面，後續形容詞、形容動詞或表示狀態的動詞，表示比較的標準。要根據句子的前後關係翻譯成中文。**

○故郷は海に遠いです。
／我的家鄉離海邊遠。
○うちは学校に近いです。
／我家離學校近。
○太郎は母に似ています。
／太郎像媽媽。

○二足す三は五に等しい。

／二加三等於五。

**(8) 接在體言下面，後續形容詞、形容動詞或表示狀態的動詞，表示狀態的內容。可根據句子的前後關係適當地翻譯成中文。**

○あの先生は日本の事情に詳しいです。

／那位老師對日本的情況很清楚。

○学生たちは文法の知識に乏しいです。

／學生們缺乏文法知識。

○おじさんは経験に富んでいます。

／叔叔經驗很豐富。

○彼はよく常識に欠けたことを言います。

／他經常講一些沒常識的話。

○彼は自信に溢れています。

／他充滿信心。

**(9) 接在體言下面，後續動詞，表示原因。相當於中文的「因為」，或根據前後關係適當地翻譯成中文。**

○日に焼けて顔が黒くなりました。
／被太陽曬到臉變黑了。

○先生の質問に困りました。
／沒有答出老師的發問。

○あまりのおかしさに、つい笑ってしまいました。
／因為過於可笑，不由得笑了出來。

○彼の仕事ぶりに驚きました。
／看到他的工作態度，我吃了一驚。

○暑さに体が弱っています。
／因為太熱，身體變虛弱了。

**(10) 接在體言下面，後續被動動詞時，表示被動句子中的主動者；後續使役動詞時，表示使役的對象。要根據句子的前後關係翻譯成中文。**

○王君は何回も先生に褒められました。

／王同學被老師稱讚了好幾次。

○母は小さい弟に泣かれて困りました。

／弟弟一直哭，媽媽被弟弟弄得很頭痛。

○ちょっとのことで父に叱られました。

／因為一點小事就被父親責罵了一頓。

以上的句子裡に，表示動作的主動者。

○友人に仕事を手伝わせました。

／讓朋友幫忙工作。

○先生は問題を出して私たちに答えさせます。

／老師出題讓我們回答。

○重要なことですから、人にやらせてはよくありません。

／因為這是重要的事情，讓他人去做不太好。

以上句子裡的に表示使役的對象。

**(11) 接在動詞連用形或動詞性名詞下面，表示動作的目的。可根據句子的前後關係翻譯成中文。如：**

○友達が迎えに来ました。

／朋友來接了。

○ちょっとたばこを買いに行きます。

／我去買包香菸。

○公園へ散歩に行きましょう。

／到公園去散散步吧！

○これから美術館へ見学に行きます。

／現在要去美術館參觀。

○お礼に参りました。
／我來道謝的。

**(12) 接在體言下面，表示並列、添加。可根據句子的前後關係適當地翻譯成中文。如：**

○弟に鉛筆にノートに万年筆を買ってやりました。
／給弟弟買了鉛筆、筆記本和鋼筆。

○春に夏に秋に冬を四季と言います。
／春夏秋冬稱作四季。

○李さんに孫さんに私の三人は卓球の試合に参加します。
／李先生、孫先生和我三人要參加桌球比賽。

○あの人が協力してくれれば鬼に金棒だ。
／如果他來幫忙的話，那將是如虎添翼。

○みんなは笑顔に笑顔で試合で優勝した王さんを迎えました。
／大家笑容滿面地迎接了在比賽奪冠的王先生。

有些文法學者將它稱為並列助詞，但在本書，助詞沒有那麼多的分類，因此仍作為格助詞來說明，但實際上內容是一樣的。

**(13) 接在體言下面，一般用「には」、「にも」表示所接的體言是句子的主語。這一主語是說話者所尊敬的對象。在中文裡往往翻譯不出來。如：**

○先生(せんせい)にはいかがお過(す)ごしでいらっしゃいますか。

／老師過得如何呢？

○おじい様(さま)にもお変(か)わりがないそうで何(なに)よりのことです。

／聽說爺爺別來無恙，這真是太好了。

○お客様(きゃくさま)がたにもご機嫌(きげん)よくお帰(かえ)り遊(あそ)ばされました。

／客人們也都高興地回去了。

○蔵相(ぞうしょう)にはお疲(つか)れの色(いろ)もなくただちに会場(かいじょう)にいらっしゃいました。

／大藏大臣毫無疲倦之色，立刻來到了會場。

此外，可能動詞或帶有可能含意的詞語做述語時，主語下面有時也用には。如：

○私（わたし）にはあなたの気持（きも）ちがよく分（わ）かります。

／我很了解您的心情。

○遠（とお）くて私（わたし）には見（み）えません。

／太遠了，我看不見。

○どれぐらいかかるか、私（わたし）には見当（けんとう）がつかないのです。

／大概要花費多少錢，我估算不出來。

格助詞に有較多的用法，以上是主要的用法，同時也是基礎用法。除此之外，還可以構成較多的慣用型來用。

## ●慣用型

### (1) 動詞連體形には～

是「動詞連體形ためには～」的省略說法，表示動作的目的。在中文裡有時翻為「要」，但多不翻譯出來。如：

○新宿へ行くにはどう行ったらいいですか。

／往新宿要怎麼走？

○日本語を身につけるにはうんと勉強せねばなりません。

／要學好日語，必須努力學習。

○この川を渡るには船がなければなりません。

／必須要有條船，才能過這條河。

### (2)活用語終止形には同一活用語終止形が～

首先肯定這一活用語所表示的活動、狀態，然後一轉，提出自己的想法、主張。相當於中文的「……是……，但……」。如：

○行くには行くが、いつ行けるか分かりません。

／去是去，但不知什麼時候能去。

○狭いには狭いが、その代わり部屋代が安いです。

／小是小了一些，但相對地房租很便宜。

○買いたいには買いたいが、今買う金はありません。

／想買是想買，但現在沒有錢買。

### (3) 體言において（は）～

與表示場所、時間的「に」、「で」的意思相同。相當於中文的「在」。如：

○日本においては農業も非常に発達しています。

／在日本，農業也很發達。

○古代においてその例を見ません。

／在古代沒有這一例子。

也可以用「～における體言」做連體修飾語用，表示相同的意思。相當於中文的「在……的」。如：

○日本における四季の景色は美しいものです。

／（在）日本四季的景致是美麗的。

## (4) 體言について（は）～

表示就某一問題如何如何。相當於中文的「就」、「關於」，或根據前後關係適當地翻譯成中文。如：

○于先生は日本古代文学について研究をしていらっしゃいます。

／于老師在研究日本古代文學。

○彼のことについてはあまり知りません。

／關於他的事情（我）不太了解。

「～についての體言」做連體修飾語時。相當於中文的「關於……的」。如：

○李さんの日本の敬語についての研究は大いに褒められました。

／李先生關於日本敬語的研究受到了表揚。

## (5) 體言に関して～

表示關於某一問題。相當於中文的「關於」。如：

○経済問題に関しては私はあまり知りません。

／關於經濟問題我不太了解。

○当面の教育問題に関してご意見を伺いたいですが……

／關於當前的教育問題，我想聽一聽您的看法……。

「～に関する體言」做連體修飾語時，表示相同的意思。相當於中文的「關於……的」、「有關……的」。如：

○私は日本の風俗習慣に関する論文を書きました。

／我寫了一篇有關日本風俗習慣的論文。

### (6) 體言に対して～

表示對某人、對某事物如何如何。相當於中文的「對……」、「對於……」。

如：

○先生に対して丁寧な言葉で話をしなければなりません。

／對老師必須用鄭重的言詞來對談。

○公害に対して適切な措置を取らねばなりません。

／對公害必須採取適當的措施。

「～に対する體言」做連體修飾語時，相當於中文的「對……的」、「對於……的」。如：

○これは先生が私たちに対する期待です。

／這是老師對我們的期望。

### (7) 體言にとって（は）～

表示判斷或評價的立場。相當於中文的「對於……來說……」。如：

○水は人間にとってなくてはならないものです。

／對於人類來說，水是不可或缺的。

○それは私にとって興味ある問題です。

／對我來說，那是我感興趣的問題。

用「～にとっての體言」做連體修飾語時，相當於中文的「對於……來說」。如：

○あなたにとっての幸せは何ですか。

／對你而言所謂的幸福是什麼呢？

## (8)體言によって～

多表示某種原因。相當於中文的「由於……」、「根據……」。如：

○不注意によって怪我をしました。

／由於不注意，而受了傷。

○品によって値段が違います。

／由於商品不同，價格也有所不同。

用「～による體言」做連體修飾語時，相當於中文的「由……所造成的」、「由……帶來的」。如：

○毎年火事による損失は大変なものです。

／每年由火災造成的損失是很龐大的。

### (9) 動詞連體形につれて～

表示隨著前者的變化，而出現後者的情況。相當於中文的「隨著……」、「愈……愈……」。如：

○北へ行くにつれて寒くなります。

／愈往北走愈冷。

○電波は遠くなるにつれて弱くなります。

／離得愈遠，訊號愈弱。

它一般不做連體修飾語用。

## (10) 體言或用言終止形に違いない

表示說話者的推斷。但這種推斷是從主觀出發的，根據不是很充足。相當於中文的「一定……」。如：

○あの方は韓国人に違いない（違いありません）。

／那位一定是韓國人。

○李さんは宿舎にいるに違いない（違いありません）。

／李先生一定在宿舍裡。

## (11) 體言或用言終止形に決まっている

也表示說話者的推斷。但這種推斷是根據客觀事實、客觀規律而提出的，並且有一定的根據。也相當於中文的「一定……」。如：

○生きているものはいつか死ぬに決まっている。

／活著的生物有天終究會死的。

○あの人と約束したから、もうすぐ来るに決まってます。

／因為和那個人約好了，所以他一定很快就會來的。

## (12) 體言或用言終止形にすぎない

表示不是什麼了不起的東西，只不過是……而已，因此含有貶意。相當於中文的「不過……」、「不過是……」。如：

○十年前、その工場は小さい町工場にすぎませんでした。

／十年前，那家工廠只不過是一家鎮上的小型工廠而已。

○日本語ができると言っても、日常会話ができるにすぎません。

／雖說會日語，但只不過是會一些日常會話而已。

## (13) 體言或用言終止形以及部分助詞にほかならない

表示只是…，但它只對客觀的人、事、物、做客觀敘述，不含褒貶。相當於中文的「不外乎是……」。如：

○今回の実験が成功したのは絶えざる努力の結果にほかならない。

／這次實驗能成功，不外乎是不斷努力的結果。

○先生があなたたちを叱ったのはあなたたちを愛するからにほかならない。

／老師會責罵你們，不外乎是基於愛護你們的緣故。

## 5 へ

**(1)接在體言（多是表示方向的名詞）下面，後續移動動詞，表示移動的方向。相當於中文的「往」、「向」、「到」等。如：**

○遠方へ行きます。

／到遠的地方去。

○西へ向かって旅行をします。

／往西方去旅行。

○ある小型の自動車はあちらへ走っていきました。

／一輛小轎車往那邊開走了。

○低気圧が東へ進んでいます。

／低氣壓向東方前進。

○B国の経済はインフレからデフレへ移行しました。

／B國的經濟從通貨膨脹轉向了通貨緊縮。

**(2)接在體言（多是表示場所、地點的名詞）下面，後續活動、動作動詞，表示到達的地點。相當於中文的「到」。如：**

○ここへいらっしゃい。

／請到這來！

○毎日六時に家へ帰ります。

／每天六點回家。

○夕方にようやく頂上へ辿り着きました。

／到傍晚才終於爬到了山頂。

○みぞへごみを捨ててはいけません。

／不要往水溝裡丟垃圾。

**(3)接在體言（多是人物）下面，後續一般動詞，表示行為、動作的對象。相當於中文的「……給」。如：**

○あの本は友達へ貸しました。

／那本書借給朋友了。

○私も中村へ話しておきました。

／我也說給中村聽了。

○この小説をあなたへあげましょう。

／這本小說給你吧！

○学校へはもう連絡しておきました。

／已經跟學校聯繫過了。

○私へも知らせてくださいませんか。

／也請通知我一聲。

上述(1)(2)句子裡的へ，基本上可以換用に，意思大致相同，只是に強調到達點，而へ，則強調方向。如：

○父は大阪へ（○に）行きました。
／父親到大阪去了。
○荷物を駅へ（○に）運びます。
／把行李運到車站去。
○時々日本の友達へ（○に）手紙を書きます。
／有時會寫信給日本朋友。

如：大阪へ行く

へ行く → 大阪
に行く → 大阪

也就是用大阪へ行く表示往大阪這一方向，而用大阪に行く強調到大阪，實際上意思差不多。其它句子也都是如此。

## ●慣用型

### (1)體言へ同一體言へと～

表示「向……去」、「一直向……」。相當於中文的「向……」、「一直向……」。如：

○飛行機（ひこうき）は南（みなみ）へ南（みなみ）へと飛（と）んでいきました。

／飛機往南飛去了。

○船（ふね）は東（ひがし）へ東（ひがし）へと進（すす）みました。

／船往東方駛去。

### (2)體言への體言

這是用「への」做連體修飾語，用「への」連接上下兩個體言。相當於中文的「給……的……」、「往……的……」。如：

○母（はは）への手紙（てがみ）
／寫給母親的信

○友人（ゆうじん）へのおみやげ
／送給朋友的禮物

○東京（とうきょう）への汽車（きしゃ）
／開往東京的火車

○神戸（こうべ）への船（ふね）
／開往神戸的船

○日本（にほん）への使者（ししゃ）
／派往日本的使者

雖然許多情況下，へ與に可以互換使用，但做連體修飾語時，只能用への，而不能用にの。

## 6 と

### (1) 接在體言下面，表示動作對象或共同者。相當於中文的「和」、「同」、「和……一起」。如：

○毎日友達と野球をします。
／每天和朋友打棒球。

○妹は母と出掛けました。
／妹妹和母親外出了。

○姉は李さんと結婚しました。
／姊姊和李先生結婚了。

○その事を先生と話しました。
／那件事我跟老師說了。

○午後二時に友達と約束があります。
／下午兩點，我跟朋友有約了。

上述句子裡的後兩句，既可以用「先生と話した」，也可以用「先生に話した」；既可以用「友達と会う」，也可以用「友達に会う」。這樣既可以用と也可以用に的動詞還有一些。如：出会う（見面）、ぶつかる（撞到）、衝突する（擦撞）、約束する（約定）、語る（説話）、しゃべる（説話）等。如：

○私は駅前で中学校の友達と（○に）会いました。

／我在車站前面遇見了國中的朋友。

○自動車が電車と（○に）ぶつかりました。

／汽車和電車撞在一起了。

但用と與用に兩者語氣是不同的：用と表示雙方同時接近，最後進行了某種動作、活動；而用に則表示某一方朝另一方接近，然後進行了某種活動。如：

○自動車が汽車とぶつかった。

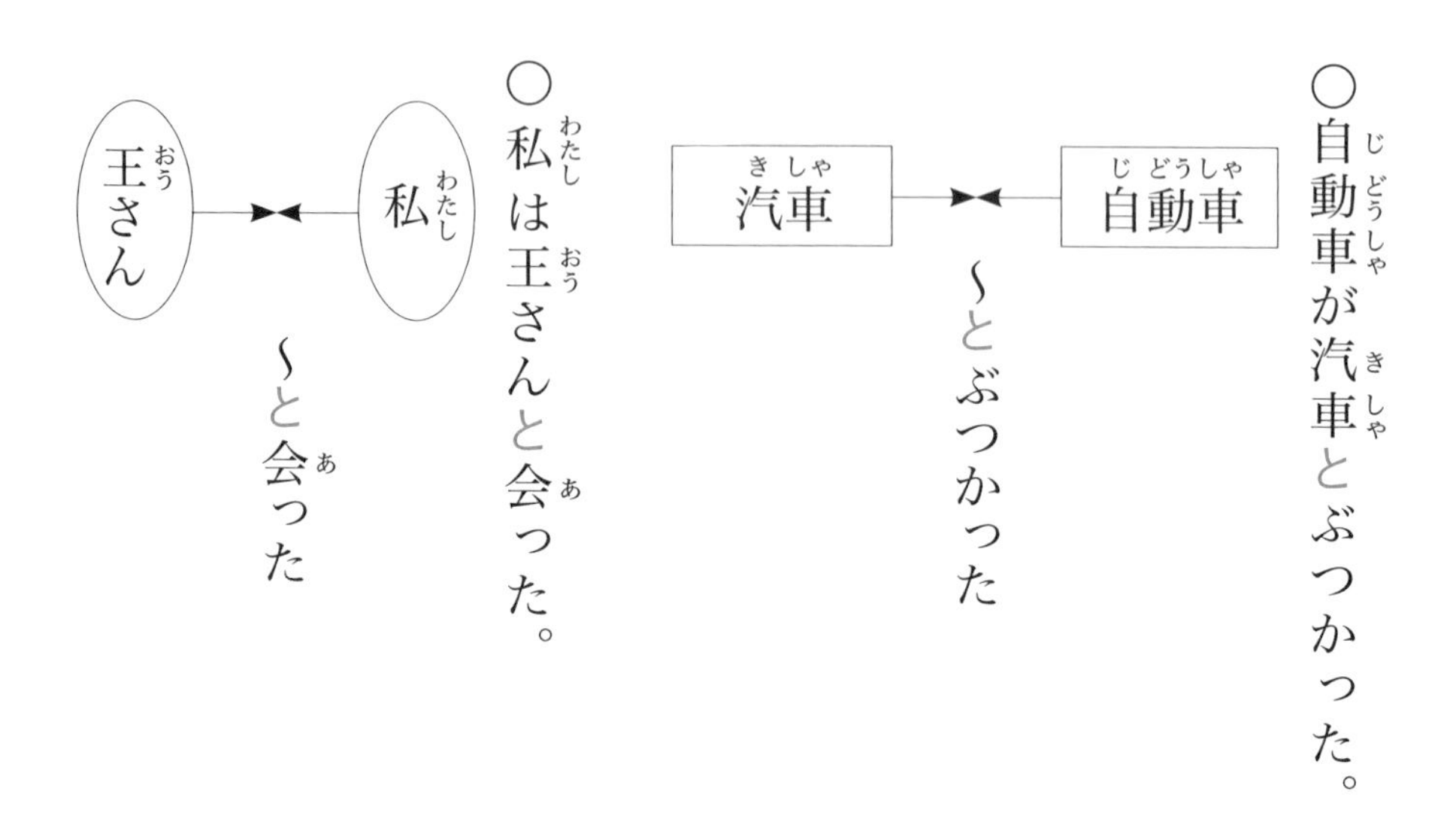


○私は王さんと会った。

○自動車が汽車にぶつかった。

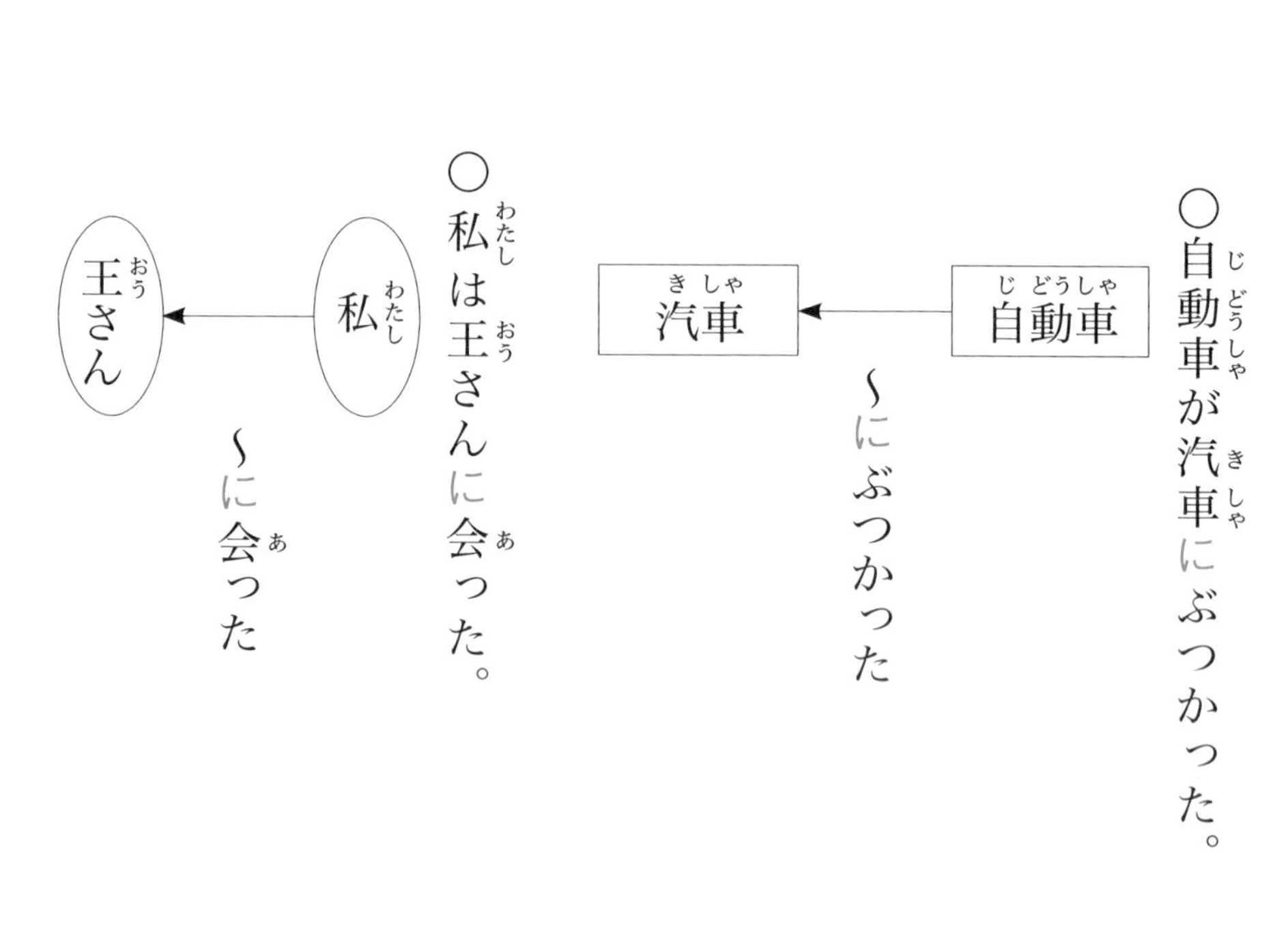


○私は王さんに会った。

從上面的圖可以知道：用と時是雙方同時接近，共同動作；而に則是單方接近，然後完成這一動作。因此下面這樣的句子只能用に，而不能用と，因為電柱（電線桿）和壁（牆）是不能活動的。

○車が電柱に（×と）ぶつかりました。

／車子撞上電線桿了。

○私は頭が壁に（×と）ぶつかりました。

／我的頭撞到牆了。

**(2)也接在體言下面，表示比較、比擬的對象、基準。也相當於中文的「和」、「同」。如：**

○街は昔とだいぶ変わりました。

／街道和從前相比變了好多。

○これは見本と違います。

／這和樣品不一樣。

○事実(じじつ)とあまりに異(こと)なっています。

／和事實差很多。

○花(はな)が雪(ゆき)と散(ち)る。

／花像雪似地飄落。

**(3)接在體言下面，後續「なる」、「する」、「かわる」等表示變化的動詞，表示變化的結果。可根據句子的前後關係適當地翻譯成中文。如：**

○いよいよ八月(はちがつ)となりました。

／終於到了八月。

○A氏(し)は会計課(かいけいか)の係長(かかりちょう)から課長(かちょう)となりました。

／A氏從會計課的股長晉升為課長。

○長(なが)い間(あいだ)の努力(どりょく)は水(みず)の泡(あわ)となってしまいました。

／長時間的努力付諸流水。

○一夜(いちや)に銀世界(ぎんせかい)となりました。

／一夜之間就成了銀色的世界。

○教室を閲覧室としました。

／將教室作為閱覽室。

○昔の人は洞穴を家として生活していました。

／從前的人將洞穴作為自己的家生活著。

○私の国の人はこの草を薬とします。

／我國家的人把這種草當成藥。

這些句子在大部分情形下，可以換用に，意思大致相同，也表示變化的結果。

○いよいよ九月と（○に）なりました。

／終於到了九月。

○父は枝豆をおかずと（○に）して酒を飲みました。

／父親把毛豆當作下酒菜，喝了酒。

但嚴格說起來，兩者多少還是有些區別的。其中之一就是：用と時多表示短時間的變化，或突出變化的結果；而用に時則表示永久的長時間的變化，並且暗示採用了各種手段使之發生變化。如：

○閲覧室を教室と（×に）して三日間勉強しました。

／把閱覽室當作教室，學習了三天。

○息子をお医者さんに（×と）しました。

／把兒子培養成為醫生。

前一句是短時間的變化，因此用と，後一句則是讓兒子永久當醫生，因此用に。

**(4) 接在體言以及其他詞語或小句子下面，後續具有說、想，如：言う、答える、述べる、聞く、思う、考える等含意的動詞，表示說或想的內容。在中文裡一般翻譯不出來。如：**

○私は張と申します。

／我姓張。

○それは上野動物園と言います。
／那叫上野動物園。

○みんなは「がんばれ、がんばれ」と叫びました。
／大家大聲喊了「加油！加油！」。

○私は彼を社長だと思いました。
／我把他當成了總經理。

○君の言うことがもっともだと考えます。
／我認為你講得很有道理。

○私は一時間もあれば書き終えると見ています。
／我預估有一個小時的話就能寫完。

○門の上にある標札には田中と書いてありました。
／門上的門牌寫著田中兩個字。

有時候會將動詞省略，但意思不變。如：

○立札には「立入禁止」とある。

／立牌上寫著「禁止進入」。

○何だろうと開けてみると、古い本でした。

／我猜想會是什麼呢？打開一看，是一些舊書。

前一句省略了書いて，即應該用と書いてある；後一句省略了思って，即應該用と思って開けてみる。

**(5)接在名詞、數量詞、副詞以及「へ」等少數助詞下面，做副詞性的連用修飾語用，修飾下面的動作、作用。在中文裡一般翻譯不出來。如：**

○汽車は神戸、大阪、京都、名古屋と東の方へ走っていきました。

／火車開過神戸、大阪、京都、名古屋，一直向東開去。

○船は南へと進みました。

／船向南駛去。

○飛行機（ひこうき）は一機（いっき）一機（いっき）と南（みなみ）へ飛（と）んで行（い）きました。
／飛機一架一架地向南飛去。

○物価（ぶっか）は一段（いちだん）と高（たか）くなってきました。
／物價又漲了起來。

○二度（にど）とそんなことをしません。
／絕對不會再做那樣的事了。

○がらりと戸（と）を開（あ）けました。
／嘩地一聲把門打開了。

○小川（こがわ）がさらさらと流（なが）れています。
／小河嘩嘩地流著。

**(6)接在名詞（包括形式名詞）下面，並列兩個以上的詞語，表示並列。相當於中文的「和」。如：**

○孫（そん）さんと李（り）さんが欠席（けっせき）しました。
／孫先生和李先生缺席。

○机の上には本とノートが置いてあります。

／桌上放著書和筆記本。

○五月と十月は一番よい季節だと思います。

／我覺得五月和十月是最好的季節。

○これとそれどちらを選びますか。

／這個和那個你選哪一個？

○花は白いのと赤いのを買ってきました。

／我買來了白色和紅色的花。

有的時候也接在用言下面，表示並列。

○見ると聞くとは天地の差です。

／看和聽是天地之差。

○やるともらうとはまったく反対です。

／施與受是完全相反的。

## ●慣用型

### (1) 體言と一緒に～／體言とともに～

兩者基本相同，都表示兩個人、兩種事物共同進行動作，相當於中文的「和……一起」、「和……一塊」。如：

○私は友達と一緒に野球をしていました。

／我和朋友一起打棒球。

○彼は李さんとともに日本の映画を見に行きました。

／他和李先生一起去看日本電影了。

### (2) 體言として（は）～

相當於中文的「作為……」。

○学生としては学校の規律を守らねばなりません。

／作為一個學生，必須遵守學校的紀律。

○私は留学生として日本へ来ました。
／我作為留學生來到日本。

## (3) 表示「一」的數量詞として～ない

這裡的所表示「一」的數量詞，指「一つ」、「一人」、「一冊」、「一本」等，整個慣用型表示全部否定、完全否定。相當於中文的「沒有一個……」。如：

○この問題は一人としてできたものはいません。
／這個問題沒人會。
○ここにある機械は一つとして外国製のものはありません。
／這些機器裡，沒有一個是外國製造的。

## (4) 體言或活用語終止形とすると～／體言或活用語終止形とすれば～／體言或活用語終止形としたら～

三者意思、用法相同，都用來表示假定。相當於中文的「假若……」、「如果……」。如：

○歩いて行くとすれば、どのぐらいかかるでしょう。

／如果走過去的話，要花多久時間呢？

○あなたがもし先生だとしたらどうしますか。

／假若你是老師，你會怎麼做呢？

○あの時始めていたとすると、今頃もう終わったでしょう。

／假若那時候就開始做的話，現在應該已經做完了吧！

## 7で

**(1)接在體言下面，表示動作、活動的地點、場所。相當於中文的「在」等。**

**如：**

○みな教室で勉強します。

／大家在教室裡讀書。

○食堂で食事をします。

／在餐廳吃飯。

○農民たちは畑で働いています。

／農民們在田地裡工作。

○電車の中で友達に会いました。

／在電車裡遇到了朋友。

○私たちはよく駅前の映画館で映画を見ます。

／我們經常在車站前的電影院看電影。

同樣地に也表示地點、場所，但它和で不同：で表示活動、動作的地點、場所；而に則表示存在的場所。如：

○駅前の本屋にはいろいろの本があります。

／車站前的書店裡，有各種各樣的書。

○駅前の本屋でいろいろの本を買いました。

／在車站前的書店裡，買了許多書。

○寝室に寝ています。

／在寢室裡睡著了。

○寝室で勉強しています。

／在寢室裡讀書。

上述句子裡的ある、寝る都是表示存在的動詞，因而用に表示在；而買う、勉強する都是表示動作、活動的動詞，因此要用で。

有時一個句子裡，既可以用に，也可以用で，都沒有錯，但意思不同。如：

○みな道路脇で木を植えています。

／大家正在路旁種樹。

即：道路脇で木を植える（労働する）。

○みな道路脇に木を植えています。

／大家往路旁種樹。

即：木を道路脇に植える。

前一句表示在路旁勞動種樹；而後一句表示把樹種在路旁。

同樣的格助詞を也表示活動的地點，但用を與用で兩者意思不同。如：

○川（かわ）を泳（およ）ぐ。
／在河裡游泳。

○プールで泳（およ）ぐ。
／在游泳池游泳。

「～を泳（およ）ぐ」表示廣範圍的、一直向前地游；而「～で泳（およ）ぐ」則表示較小範圍的、迂迴地遊，而不是一直向前游。如：

○川（かわ）を泳（およ）ぐ。

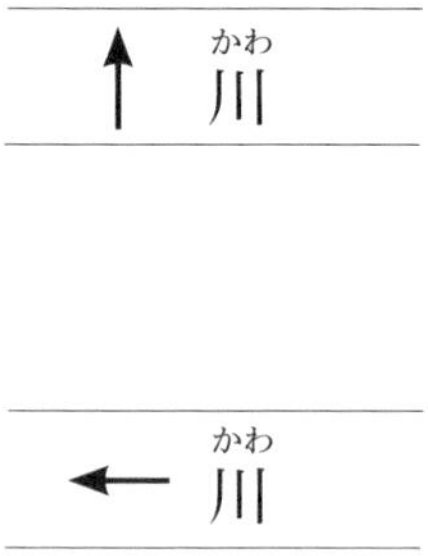

○プールで泳（およ）ぐ。

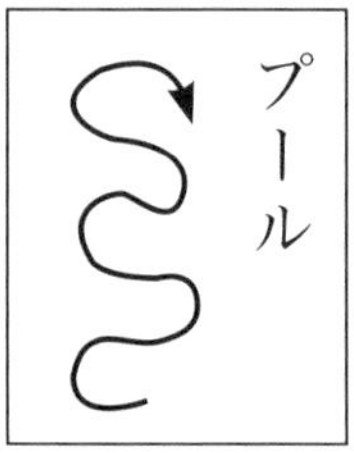

引申表示活動或存在的範圍。也相當於中文的「在」。

○中国のお茶は世界で一番有名です。

／中國的茶葉在世界上最有名。

○銀座は東京で一番賑やかです。

／銀座在東京裡是最熱鬧的。

上述句子裡的世界で、東京で只是表示在世界、在東京這一範圍，而不是活動的場所、地點。

**(2)接在體言下面，表示所用的方法、手段、工具等。相當於中文的「用」等，或根據前後關係適當地翻譯成中文。如：**

○ペンで書きます。

／用筆寫。

○粘土で犬を作りました。
／用黏土做了狗狗。

○汽車で行きます。
／坐火車去。

○体温計で体温を測ります。
／用溫度計量體溫。

○日本の酒はお米で作ります。
／日本的酒是用米釀造的。

○実力で相手に勝ちました。
／靠實力戰勝了對方。

下面同樣也屬於這一用法，引申接在數量詞或自分等詞語下面，表示所用的時間、人力、金錢等。相當於中文的「用」，有時翻譯不出來。

○一日で仕上げました。
／用一天就完成了。

○家から学校まで十分間で行けます。
／從家裡花十分鐘就可以到學校了。
○二人で運んでいきました。
／兩個人搬過去了。
○これは二千円で買ったのです。
／這是花兩千日圓買的。
○自分でやりなさい。
／請你自己做吧！

**(3) 接在體言下面，表示原因、理由。相當於中文的「因為」、「由於」等。**

**如：**

○病気で欠席しました。
／因為生病所以缺席了。
○頭痛で学校を休みました。
／因為頭痛而向學校請假了。

○俄か雨で体がびっしょりと濡れました。

／遇上了驟雨，全身都濕透了。

○大水で道が通れなくなりました。

／因為漲了大水，路不通了。

○この頃試験の準備で忙しいです。

／最近因為準備考試很忙。

格助詞に也能表示某種原因，但兩者用法不完全相同，有時可以互換使用，有時則只能使用其中之一。

在表示產生某種生理現象的原因時，一般多用で，但也能用に，兩者意思相同。

○私は勉強で（○に）疲れました。

／我讀書讀累了。

○あまりのおかしさで（○に）つい笑ってしまいました。

／由於太過可笑，不由得笑了出來。

在表示產生某種心理現象的原因時，只能用に，而不能用で。如：

○もうこの小説（しょうせつ）に（×で）飽（あ）きました。

／這本小說我已經看膩了。

○昨夜（ゆうべ）の地震（じしん）に（×で）びっくりしました。

／昨天晚上的地震，嚇了我一大跳。

但在表示自然現象或社會現象的原因時，一般只能用で，而不能用に。如：

○大雨（おおあめ）で（×に）バスが通（とお）れなくなりました。

／由於下大雨，公車不通了。（自然現象）

○先週（せんしゅう）、風邪（かぜ）で（×に）学校（がっこう）に行（い）けませんでした。

／上週，因為感冒無法去學校。（社會現象）

**(4)接在表示機關、團體、公司、企業等體言下面，表示所接的體言是主語。如：**

○大蔵省でそう発表しました。
／大藏省這麼發表了。

○わが学校ではそんな実験をやっています。
／我們學校有做那種實驗。

○京都府ではそれを奨励しています。
／京都府那裡，獎勵那件事情。

但主語如果不是機關、團體等，而只是指某一個人時，則不能用で或では、でも，要用が或は。如：

○私は（×では）そんな本を読んだことはありません。
／我沒有讀過那樣的書。

## ⑧から

**(1)接在體言下面，構成連用修飾語，表示動作、作用的起點。相當於中文的「從」、「自」、「由」等。如：**

○朝から雨が降っていました。
／從早上就在下雨。

○田中先生が東京から台北に到着しました。
／田中老師從東京來到了台北。

○さあ、今日はどこから始めますか。
／那麼，今天從哪開始呢？

○窓から朝日がさしてきました。
／早晨的陽光從窗戶照了進來。

○門の隙間から寒い風が吹き込んできます。
／冷風從大門的縫隙吹了進來。

○水は水素と酸素からできる。

／水是由氫氣和氧氣組成的。

有時形式上雖是連用修飾語，但實際上是作為一個連體修飾語來用，也表示起點。如：

○前から六人目は内山君です。

／從前面數來第六個人是內山同學。

○午後六時からあとは暇です。

／下午六點以後有空。

○これから先は忙しくなります。

／之後開始就要變忙了。

作為引申用法，表示來自某一個人。這時與格助詞に大致相同。如：

○先生から教わったとおりに答えました。

／按照老師教的回答問題。

○佐藤君から聞いたところでは野村君は故郷へ帰ったそうです。
／從佐藤同學那裡聽說野村同學回家鄉了。
○先生からそう注意されました。
／老師這樣提醒我們。
○父から叱られるはずはありません。
／應該不會被父親責罵。

## ●慣用型

### (1)動詞連用形てから～

表示某一動作、活動之後。相當於中文的「……之後」。如：

○この学校に入ってから、病気をしたことはありません。
／進入這間學校之後，都沒有生病過。
○授業が終わってから、バスケットボールの試合がありました。
／下課後，有場籃球比賽。

**(2) 體言から體言まで～**

可以作為一個名詞性文節來用，用它來做主語，也可以做述語。相當於中文的「從……到……」。如：

○家から学校まではそう遠くありません。
／從家裡到學校不是很遠。

○一番から六番までは教室の掃除をします。
／一號到六號要打掃教室。

○午前の授業は朝八時から十二時までです。
／上午的課是從早上八點到十二點。

## ⑨ より

**(1) 接在體言下面，與下面的肯定詞語發生連繫，表示比較。相當於中文的「比」。如：**

○新しい電車は新幹線より（も）速いです。

／新的電車比新幹線還快。

○閲覧室は教室より（も）明るいです。

／閱覽室比教室明亮。

○東京の物価はここより高いです。

／東京的物價比這裡貴。

○私は兄より丈夫です。

／我比哥哥結實。

○これよりそれの方がいいです。

／這個比那個好。

○李君より孫君がもっと勉強します。

／和李同學比起來，孫同學更用功。

○私は英語より日本語の方を選びました。

／我選了日語沒選英語。

○昼飯はご飯より（も）パンにしましょう。

／我們午餐吃麵包吧！不吃飯了。

有時也接在用言、助動詞或部分助詞下面，表示相同的意思。相當於中文的「比」。如：

○読むより書く方が難しいです。

／寫比讀難。

○待たれるより待つ身がつらいです。

／和讓人等相比，等人的那一方更不好受。

○彼は今までよりよく勉強するようになりました。

／他變得比過去更加用功。

(2) 接在體言下面，後續一些特殊體言或副詞（多是表示時間的名詞，或方位名詞，如：前、後、東、西、南、北或表示數量的以上、以下等），形式上構成連用修飾語，實際上起連體修飾語的作用。可根據前後面關係，適當地翻譯成中文。如：

○私が彼を知ったのはそれより前です。
／我是在那之前認識他的。
○会議は八時より後がいいです。
／會議在八點以後開始比較好。
○ここより東へ三百メートル行けば郵便局があります。
／從這往東走三百公尺有郵局。
○身長は百五十センチより以下は不合格です。
／身高在一百五十公分以下者不合格。
○それは今よりずっと昔の話です。
／那是距離現在很久以前的事情了。

**(3)作為書面語的格助詞，與口語的「から」意思相同，表示「自」、「從」、「由」。如：**

○満七歳より入学が許可されます。
／滿七歲即准許入學。

○彼(かれ)より手紙(てがみ)を受(う)けたことはありません。

／我沒有收過他的來信。

○父(ちち)よりの電話(でんわ)。

／來自父親的電話。

## ●慣用型

### (1)體言、用言或副詞より（ほかに）～ない

表示除了所接的詞語之外，沒有……。相當於中文的「除了……之外沒……」、「只有……」。如：

○君(きみ)よりほかに頼(たの)める人(ひと)はいません。

／我能拜託的只有你。

○彼(かれ)は日本語(にほんご)よりほかに知(し)りません。

／他只懂日語。

○そうするよりほか仕方がありません。

／只能夠這麼做。

○それでは断るよりほかに仕方がありません。

／那麼除了謝絕，沒有其他方法了。

○東京へ来てから銀座へは一度より行ったことはありません。

／到東京以後只去過一次銀座。

## (2)用言よりもむしろ～方がいい

也表示比較。相當於中文的「與其……不如……」。如：

○あの人は先生と言うよりむしろ学者と言った方がいいです。

／那個人，與其說他是教師，不如說他是學者更為合適。

○自分で作るよりむしろ買った方が安いです。

／與其自己做不如用買的比較便宜。

# 第二章 接續助詞

接續助詞多接在活用語（動詞、形容詞、形容動詞以及助動詞）下面，是將前後兩項詞語，即把上面的詞語和下面的述語連接起來的助詞。如：

○昔の人は石と石とを打ち合わせて火を出しました。
／以前的人把石頭和石頭互相敲打來生火。

○その日は雨も降ったし、風も吹いていました。
／那天既下雨，又颳風。

○年を取っていても、頭がいいから、ちょっと考えれば簡単にできます。
／即使上了年紀，但因為頭腦好，只要稍微想一下就可以輕鬆做到。

○子供が川に落ちたが、幸いに浅かったので、助かりました。
／小孩子掉到河裡了，但幸運的是因為河水很淺，所以得救了。

上述句子裡的て、し、ても、から、ば、が、ので都是接續助詞。這些接續助詞大致可分為兩類：

**(1)「て」、「し」表示前後兩種情況並列起來。**

**(2)「ても」、「ば」、「から」、「が」、「ので」表示前後的因果關係。**

其中「ば」表示假定，即表示假定發生前面的情況，就可以得到下面應有的結果，因此說它是「順態假定條件」。而「ても」、「が」、「から」、「ので」前面所接的情況已經發生，因此表示確定。其中「から」、「ので」表示因為前面是這種情況，所以形成了後面的結果，因此是「順態確定條件」。而「ても」、「が」表示雖然前面是這種情況，但形成了後面的結果，因此它們是「逆態確定條件」。歸納起來，它們有下面五種：

- 接續助詞
  - 並列關係—て、し、ながら、たり等
  - 因果關係
    - 順態
      - 假定—ば、と等
      - 確定—から、ので、ば等
    - 逆態
      - 假定—ても、とも等
      - 確定—が、けれども、ても、のに等

但有的接續助詞，既表示確定，也表示假定，如ても多表示逆態假定條件，也表示逆態確定條件；と既表示順態假定條件，也表示順態確定條件。

主要的接續助詞有て、ながら、たり、し、から、ので、が、けれども（けれど）、ては、のに、ても、とも、ば、と、ところ、ところが、ところで、もの、ものの、ものを等，下面逐一加以説明。

## 1 て

接在活用語（動詞、形容詞、助動詞）的連用形下面，其中接在ま行、が行、ば行五段動詞下面時，語尾發生音便後續で；接在形容詞、助動詞たい、らしい下面時，一般用～くて，有時也用～って；接在助動詞ない下面時一般用ないで，都構成連用修飾語。（形容動詞要做接續時，直接使用形容動詞的連用形即可。）

**(1)表示順序，主要接在動詞下面，即表示動作、狀態、事情的繼續或推移。含有中文的「之後」的意思，但一般不翻譯出來。**

○冬がすぎて春になりました。
／過了冬天，春天就來了。

○朝六時に起きて、朝の自習をします。
／早上六點起床後，做早自習。

○毎日学校へ行って日本語の勉強をします。
／每天到學校學習日語。

○少し休んでまた勉強を始めました。
／稍做休息之後，又開始用功了。

○花が咲いてりんごが実りました。
／花開以後結了蘋果。

～てから就是由這一接續助詞て後續格助詞から構成的，表示之後、以後。

○授業が終わってから野球の試合をしました。
／放學後，進行了棒球比賽。

○夕飯が済んでから宿題をやります。
／吃完晚飯後寫作業。

## (2)表示動作、狀態的並列、對比，或動作的同時進行。這時接在動詞、形容詞下面。可譯為中文的「而且」、「而」。有時也翻譯不出來。

○あの黒い帽子をかぶってめがねをかけた人は青山さんです。
／那個戴黑帽子、戴著眼鏡的人是青山先生。

○昨晩みんなは歌って踊って楽しく過ごしました。
／大家又唱又跳的，開心地度過了昨晚。

○あの山は高くて険しい山です。
／那是一座既高聳又險峻的山。

○弟は背が低くて痩せている人です。
／我的弟弟是一個又矮又瘦的人。

○兄は会社へ行って弟は学校へ行きます。

／哥哥去公司，弟弟去學校。

○薪はパチパチ音を立てて燃えています。

／柴木發出啪啪的聲音燃燒著。

有時用「活用語て接續同一活用語て～」，來加強語氣。

○怖くて怖くてたまりませんでした。

／怕得不得了。

○嬉しくて嬉しくて眠れませんでした。

／高興得睡不著覺。

**(3)表示方法、手段。這時述語多是有意識進行的動作，並且可以構成命令句、勸誘句。可譯為中文的「……著……」、「……地……」等，或根據前後關係適當地翻譯成中文。**

○先生はいつも立って講義をします。
／老師總是站著講課。

○みんなは手を叩いて賛成しました。
／大家鼓掌贊成。

○私たちは泳いで川を渡りました。
／我們游泳渡河。

○私は驚いて立上がりました。
／我驚訝地站了起來。

○立って答えなさい。
／請站著回答！

○皮を剥いてお上がりなさい。
／請削皮後享用。

○朝寝坊をしたので、朝ご飯を食べないで学校へ行きました。
／由於睡過頭，沒有吃早飯就上學了。

○そんなに急がないでお読みなさい。
／不要那麼急著讀。

**(4) 表示原因、理由。述語多是無意識進行的動作或不得不進行的動作，因此不能用於命令句、勸誘句，相當於中文的「因為」、「由於」等。如：**

○お金(かね)がなくて修学旅行(しゅうがくりょこう)に行(い)けません。
／因為沒有錢，所以不能去畢業旅行。

○雨(あめ)が降(ふ)って涼(すず)しくなりました。
／下過雨後，天變涼了。

○試験(しけん)が終(お)わってほっとしました。
／考試結束後，鬆了一口氣。

○五千(ごせん)メートル走(はし)って疲(つか)れました。
／跑了五千公尺，累了。

○字(じ)が小(ちい)さくて読(よ)めません。
／字太小無法讀。

○大水(おおみず)が出(で)て向(む)こうの岸(きし)へ渡(わた)れませんでした。
／漲了大水，無法過去對岸。

由於它不能構成意志句、命令句、勸誘句，因此下列句子是不通的。

×値段(ねだん)が高(たか)くて買(か)いません。

這一句子有兩種說法：

○①値段(ねだん)が高(たか)いから買(か)いません。
／因為價錢貴所以沒有買。

○②値段(ねだん)が高(たか)くて買(か)えません。
／價錢貴買不起。

**(5) 表示相逆、相反的關係，與接續助詞「のに」的意思大致相同。相當於中文的「然而」、「但」，有時候也譯為「卻」。**

○彼(かれ)はそのことを知(し)っていて言(い)いませんでした。
／他知道那件事，卻沒有說。

○あれほど教えてもらってまだ十分にできません。

／都請別人教那麼多次了，卻還是不太會。

○毎日徹夜して病気になりませんでした。

／每天都熬夜，卻沒有生病。

○よくは知らないで、知ったような顔をしています。

／沒有非常了解，卻裝出一副知道的臉。

**(6) 表示單純的接續，後續補助動詞「いる」、「ある」、「もらう」、「くれる」、「やる」、「いく」、「くる」、「みる」、「みせる」、「おく」、「頂戴」、「しまう」、以及形容詞「ほしい」等，構成「ている」、「てある」等慣用型。可根據後續的動詞或形容詞翻譯成中文。**

○花がきれいに咲いていますね。

／花開得很美啊！

○この時計は兄が送ってくれたのです。

／這隻錶是哥哥給我的。

○机の上には絵本がたくさん置いてあります。

／桌子上放著許多繪本。

○すっかり忘れてしまいました。

／完全忘記了。

○このことをあなたに知ってほしい。

／想讓你知道這件事。

○それを聞くと、腹を立てないではいられませんでした。

／一聽到那個消息，不自覺地生起氣來。

**〔参考〕**

有些學者將「ないで」作為一個接續助詞來加以說明，本書認為是在否定助動詞「ない」接續助詞「て」的變形「で」。

## ●慣用型

### (1)～てたまらない／～てならない／～て仕方(しかた)がない／～てしようがない

四者接續關係、含意基本相同。①都接在表示感情、感覺的形容詞、希望助動詞たい的連用形下面。②接在表示感情、感覺的形容動詞語幹下面（這時用で，而不用て）。③接在具有自發含意的動詞，如：思(おも)われる（覺得）、考(かんが)えられる（認為）等下面，或某些生理現象的動詞，如：腹(はら)がへる（餓）、渇(かわ)く（口渴）等，或表示心理現象的動詞，如：腹(はら)が立(た)つ（生氣）等連用形下面。四者可以用在好的方面外，也能用在壞的方面，表示好的感情、或不好的感覺達到頂點。由於四者完全相同，可互換使用。都相當於中文的「……得不得了」、「……得很」。如：

○大学(だいがく)の入学試験(にゅうがくしけん)に合格(ごうかく)して嬉(うれ)しくてたまりませんでした。

／考上了大學，高興得不得了。

○海岸に出て海水浴をして愉快でなりませんでした。
／到海岸邊去游泳，痛快得很。

○熱が出て水が飲みたくてしようがありませんでした。
／因為發燒，非常想喝水。

○昨夜怖い夢を見て、怖くて仕方がありませんでした。
／昨晚做了可怕的夢，怕得不得了。

## (2) ～てやりきれない／～てかなわない

兩者接續關係、含意完全相同。接續關係與前一項「～てたまらない」、「～てならない」等相同，①接在表示感情、感覺形容詞的連用形下面，②③也相同。但它們只用於壞的方面，表示不愉快的感情、感覺達到極點。兩者可互相使用。都相當於中文的「……得受不了」、「……得很」。

○腹が減ってやりきれません。
／肚子餓得受不了。

○胸が苦しくてかなわなかったので、この薬を飲みました。

／因為胸口難受得很，所以吃了這個藥。

**(3) 動詞連用形てほしい**

表示對對方的希望。相當於中文的「希望你」、「請你」。

○あなたに教えてほしいのはここです。

／希望你教的是這個地方。

○暇な時うちへ遊びに来てほしいですね。

／有空的時候，想請你到我家來玩！

**(4) 動詞連用形てちょうだい**

是女性和兒童用語。表示請求對方為自己做某種事情。相當於中文的「請（你）…」。

○魚屋さん、明日もまた来てちょうだいね。

／賣魚的老闆！明天也請你再來一趟！

○お母さん、帰りに絵本を買ってきてちょうだい。

／媽媽！回來的時候，請買本繪本給我。

## (5)動詞連用形てはじめて～

表示在……之後，才如何如何。相當於中文的「……之後才……」。

○病気になってはじめて体が大事であることが分かりました。

／得了病，才知道身體的重要。

○親に死なれてはじめてそのありがたさを知りました。

／雙親死後，才知道父母的恩情。

## (6)動詞連用形てこそ～

加了副助詞こそ的慣用型，來加強語氣，相當於中文的「…才是」，細節請參見

第239頁，第三章こそ。另外，在前面提到的ている、てある、ていく、てくる、てくれる、てもらう、てやる、てみる、てみせる、ておく等也可以作為慣用型來看待，但這些詞語已在第133頁說明過，因此不再贅述。

## 2ながら

**(1)接在**有意識進行活動的動詞**的**連用形**下面，表示在進行後一個主要動作的同時，進行前一個次要的動作。進一步分析後有以下兩種情況：**

**①在**短時間內**，兩個動作**同時進行**，當然後一個動作是主要動作，前一個動作是次要動作。相當於中文的「**一面……一面……**」、「**邊……邊……**」。**

○テレビを見(み)ながら勉強(べんきょう)します。

／一面看電視，一面讀書。（見圖1）

○ご飯(はん)を食(た)べながら、本(ほん)を読(よ)んでいます。

／一邊吃飯，一邊看書。

○そこらを散歩(さんぽ)しながらお話(はなし)をしましょう。

／在那一邊散步，一邊談吧！

○お茶(ちゃ)を飲(の)みながら、ゆっくりご相談(そうだん)いたしましょう。

／一面喝茶，一面慢慢商量吧！

○彼(かれ)は汗(あせ)を拭(ふ)きながら話(はな)してくれました。

／他一邊擦汗一邊說給我聽。

←テレビを見(み)る
←勉強(べんきょう)する

圖1

**②表示在一段時間裡，有時間差地進行後一個主要動作的「同時」，進行前一個次要的動作。也相當於中文的「一面……一面……」、「邊……邊……」。**

○アルバイトをしながら、学校に通っています。

／一面打工，一面上學。（見圖２）

○農民たちはいろいろ副業をやりながら農業生産に励んでいます。

／農民們一邊從事各種副業，一邊從事農業生産。

アルバイドをしながら ←
学校に通う ←

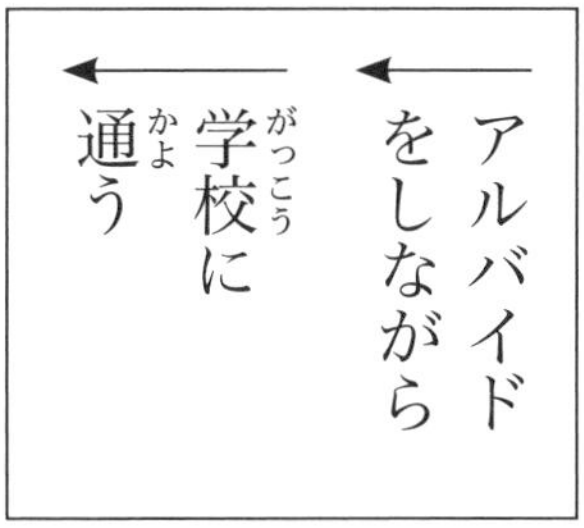

圖2

由於兩個動作有一個主次之分，如果處理不好，搞顛倒了，句子會不通的。如：

× 弟(おとうと)は高校生(こうこうせい)で、勉強(べんきょう)しながらアルバイトをしています。

這個句子由於弟弟是個高中生應該以讀書為主，因此勉強(べんきょう)する是主要動詞，應該放在後面。這個句子則要改成：

○ 弟(おとうと)は高校生(こうこうせい)で、アルバイトをしながら、勉強(べんきょう)しています。

／弟弟是個高中生，一邊打工，一邊用功學習。

**(2)接在下面一些詞語下面：**

①**接在**無意識進行動作的動詞、**表示**狀態的動詞**或**てある、ている**等補助動詞的**連用形**下面**。

②**接在**形容詞、**否定助動詞**ない**的**連體形**下面**。

③**接在**名詞、形容動詞語幹**或**副詞**下面**。

有時也用ながらも，表示前後兩個事項、兩種情況不相適應。相當於中文的「雖然……可是……」。

○難しいと思いながら、努力を続けています。

／雖然覺得難，但仍然繼續努力。

○知っていながら思い出せません。

／雖然知道，但想不起來。

○中学生でありながら大人のようにたばこを吸います。

／雖然是個國中生，但像大人一樣在吸菸。

○体は小さいながらなかなか力があります。

／雖然個子很小，但力氣卻很大。

○狭いながら楽しいわが家。

／我們家雖窄小但非常快樂。

○子供たちはよく分からないながらも、先生の話を熱心に聞こうとしています。

／雖然孩子們不太懂，但還是很認真地想去聽老師講的話。

○素人(しろうと)ながら専門家(せんもんか)のできないことをやっています。

／雖然是個外行人，但卻做著專家也做不到的事情。

○このカメラは小型(こがた)ながらよく写(うつ)ります。

／這台照相機雖然是小型的，但拍得很好。

**(3)接在體言、形容動詞語幹下面，構成慣用語來用，可根據所接的詞語，適當地翻譯成中文：**

○昔(むかし)ながらの風俗(ふうぞく)。

／自古以來的風俗。

○涙(なみだ)ながらに話(はな)します。

／一面流淚一面講。

○われながらよく出来(でき)たと思(おも)います。

／我認為自己做得很好。

○いつものことながら、本当(ほんとう)にありがとうございました。

／經常打擾您，太謝謝了。

○失礼ながら、この雑誌を貸してくださいませんか。
／不好意思，能把這本雜誌借給我嗎？
○お気の毒ながら、今は申しあげられません。
／雖然感到遺憾，但現在不能向您透露。
○残念ながら負けてしまいました。
／很遺憾地輸了。
○しかしながら、あなたの考えだけで決めることはできません。
／但是，不能僅根據你一個人的想法來決定。
○及ばずながら、あなたにご協力いたしましょう。
／儘管力量微薄，但我將盡力幫忙。

## 3 たり

接在動詞、動詞型助動詞以及形容詞かり變化的連用形下面，其中接在な行、ま行、が行、ば行五段活用動詞下面時，發生音便變為だり；接在形容詞下面時，用～かったり。

**(1) 表示兩個動詞或兩種狀態的並列，一般用「～たり～たりする」的形式。相當於中文的「又……又……」、「有時……有時……」、「一會……一會……」。**

○彼は毎日読んだり書いたりします。

／他每天又讀又寫。

○子供たちはよく飛んだり跳ねたりします。

／孩子們經常又跑又跳。

○父は部屋の中を行ったり来たりして何かを考えています。

／父親在房間裡來回走動在想些什麼。

○講演中に人が出たり入ったりして落ち着きませんでした。

／在演說中，人們進進出出，安靜不下來。

○長かったり、短かったりして私の着られる服はなかなか買えません。

／不是太長就是太短，買不到我能穿的衣服。

這一並列的たり〜たり，可以作為一個體言來用，構成主語文節、補語文節、述語文節。進一步分析，有以下幾種類型：

①同一類型詞語的並列。如：

○この二つは似たり寄ったりですね。

／這兩個相差不多啊！

○踏んだり蹴ったりだ。

／（又踩又踢）欺人太甚了！

②相反兩個詞語的並列。如：

○立ったり座ったり（して）先から落ち着きません。

／一會站起，一會坐下，從剛剛就沒辦法冷靜下來。

○降ったり照ったりで天気がさだまりません。

／一會下雨，一會放晴，天氣沒有個準。

③肯定與否定的並列。

○彼は来たり来なかったりで決まりがありません。

／他有時來，有時不來，沒有個準。

### (2) 表示概括。這時用「～たりする」、「～たりなどする」句式，即舉出一個動作作為例子來講，含有諸如此類的語氣。在中文裡多翻譯不出來。

○そこに立ったり（など）してはいけません。

／不能站在那裡。

○彼は毎日小説を読んだり（など）します。

／他每天看些小說什麼的。

○それぐらいのことで、泣いたり（など）するものではありません。

／不要為了這點小事就哭啊！

○壁などに落書したり（など）してはいけません。

／不能在牆上亂塗鴉！

○勝手に紙屑を投げたりするものではありません。
／不要隨意亂扔紙屑！

## ④し

**(1)接在活用語的終止形下面，一般用「～も～し、～もする」句式，表示並列、添加。相當於中文的「也……也……」、「既……又……」、「又……又……」、「並且……」。**

○彼は英語もできるし、日本語も上手です。
／他既會英語，日文也很好。

○腹もへってるし、眠くもなってきました。
／又餓又睏。

○この部屋は日当たりもよいし、風通しもよいです。
／這個房間採光好且又通風。

○内山さんの言ったこともいいし、中村さんの言ったことももっともだと思います。
／我認為內山先生說的也對，中村先生說的也有道理。

○このあたりは静かだし、眺めもいいです。
／附近既安靜，景致也優美。

○私はめがねを壊されたし、服も破られました。
／我的眼鏡被打壞了，衣服也被撕破了。

**(2)用「〜し〜し用言」句式，前面的「し」表示添加，後面的「し」與「から」的意思相同，表示原因，可譯為中文的「所以」等，有時也翻譯不出來。**

○腹はへったし、眠くはなったし、困ってしまいました。
／又餓又睏，真是叫人頭痛。

○喉の痛みもおさまったし、熱もないし、もう薬はいりません。
／喉嚨也不痛了，燒也退了，所以不需要再吃藥了。

○冬(ふゆ)は暖(あたた)かいし、夏(なつ)は涼(すず)しいし、とてもいいところです。

／冬暖夏涼，真是非常好的地方。

用「～し用言」句式，即用一個接續助詞し，表示從眾多理由中舉出一個例子，來表示因為這個的原因，所以如何如何。也含有「因為……所以」的意思。

○暗(くら)くなって道(みち)も分(わ)からないし、実(じつ)によわりました。

／天黑了，又不認識路，真是沒辦法了。

○近(ちか)いんですし、どうぞ遊(あそ)びにいらっしゃってください。

／很近嘛，所以請您務必來玩！

○バスも通(とお)っていないし、実(じつ)に不便(ふべん)なところです。

／連公車也不通，真是個不方便的地方。

## ●慣用型

### 名詞或形式名詞ではあるまいし～／名詞或形式名詞ではなかろうし～

兩者意思、用法相同，都與「ではないから～」意思相同，表示原因。相當於中文的「又不是……所以……」。

○子供(こども)ではあるまいし、そんなバカなことをしないでください。

／你又不是小孩子，不要做那種蠢事。

○僕(ぼく)一人(ひとり)で行(い)くのではあるまいし、心配(しんぱい)することはありません。

／我又不是一個人去，所以不要擔心。

○冗談(じょうだん)を言(い)うのではなかろうし、良(よ)く聞(き)かなければなりません。

／又不是在開玩笑，應該要好好聽才行。

## 5 から

接在活用語終止形下面，連接前後兩項，表示前項是形成後項的原因。但它是從主觀上來說明前後兩項的因果關係，即前後兩項是兩個截然不同的事物，本身不一定有必然性的內在因果關係，而是說話者主觀地將其置於因果關係之中。因此後項除了用一般的敘述之外，也可以用表示推量、意志、主張、命令、禁止命令以及勸誘、希望等意志表現。相當於中文的「因為……所以……」，或根據前後關係適當地翻譯成中文。

○雨が降ったから、ハイキングを止めました。

／因為下雨了，所以中止郊遊。

○近いから歩いて行けます。

／因為很近！所以用走的就能到。

○彼のことだから大丈夫でしょう。

／因為是他，所以沒有問題吧！（表示推量）

○暑いから窓を開けてください。

／因為很熱，請把窗戶打開吧。（表示請求）

○危ないから気をつけなさい。

／很危險，請注意點！（表示命令）

○お客さんが来るから部屋の掃除をしておきましょう。

／有客人要來，所以來打掃房間吧！（表示勸誘）

○授業中だから、騒いではいけません。

／正在上課，請不要吵鬧！（表示禁止命令）

它也可以構成「～のは～からだ」句式，表示前面敘述的事項是結果，而後面是原因。相當於中文的之「之所以……是因為……」。

○運動しないのは時間がないからです。

／之所以不運動，是因為沒有時間。

○車が速く走れないのは道が悪いからです。

／車子之所以跑不快，是因為道路不好。

○太るのは運動をしないからです。

／會發胖，是因為不運動的原故。

○昨日遠足に行かなかったのは風邪をひいたからです。

／昨天之所以沒有去郊遊，是因為感冒了。

○成績が悪かったのは勉強が足りないからです。

／成績之所以不好，是因為不夠用功。

## ●慣用型

### (1)活用語連體形ものだから～

用「ものだから」來強調形成某一結果的原因、理由，比「から」語氣要強。相當於中文的「因為……所以……」。

○急に寒くなったものですから、風邪をひいてしまいました。

／因為突然變冷，所以感冒了。

○私が失礼なことを言ったものだから、あの人は帰ってしまったのです。

／因為我講了一些得罪他的話，所以他就回去了。

### (2)活用語終止形からには～

構成順態確定條件，表示既然是前項這種狀況，就必須進行後項的活動。相當於中文的「既然……就得……」。

○学生であるからには、よく勉強しなければなりません。
／既然是個學生，就必須好好用功。
○日本に来たからには日本の風俗習慣に従わなければなりません。
／既然來了日本，就必須遵守日本的風俗習慣。

### (3)活用語終止形からと～

與「～からと言って」、「～からと思って」的意思相同。相當於中文的「說（因為）」、「認為……」。

○安いからと、いらないものまで買ってしまいました。
／因為便宜，甚至買了一些無用的東西。
○やさしいからと、油断すると間違えますよ。
／認為容易，但只要一疏忽就會搞錯的。

### (4)活用語終止形からと言って～／活用語終止形からとて～

兩者意義、用法相同，都是前一個慣用型的引申用法，作為逆態確定條件來用，後面的述語部分多是否定、消極的內容。相當於中文的「雖然說是……但也……」。

○安（やす）いからと言（い）って品質（ひんしつ）が悪（わる）くては困（こま）ります。

／雖然很便宜，但品質不好也很困擾。

○冷蔵庫（れいぞうこ）に入（い）れてあるからと言（い）って安心（あんしん）してはいけません。

／雖說是放在冰箱裡了，但也不能放心不管。

### (5)活用語終止形からこそ～

見こそ的慣用型からこそ。（參看第239頁。）

## 6ので

接在活用語連體形下面，連接前後兩項，表示前項是形成後項的原因。但它和接續助詞から不同，ので是從客觀上來講前後兩項的因果關係的，多用來敘述了前項這一原因，一般必然會產生後項的結果，因此它沒有說話者主觀成分在內。多用於自然現象、社會現象以及物理現象等客觀事物，表示事物的因果關係。也相當於中文的「因為……所以……」。

○外は風が強いので、気をつけて帰ってください。

／外面風很大，回家路上小心。

○南向きなので、日がよくあたります。

／因為是向南，所以採光好。

○雨が降ったので遠足をやめました。

／因為下了雨，所以取消郊遊了。

○用事があるので、どこへも行けませんでした。

／因為有事，所以哪兒也去不了。

○道が狭いので、交通事故が絶えません。

／因為路窄，交通事故不斷。

○試験が近づいたので、みんな一生懸命勉強しています。

／因為就要考試了，大家拚命地用功。

值得注意的是：有時雖也用ので，但不是接續助詞，而是形式名詞の，後續斷定助動詞だ的連用形で而成的連語。如：

○あれは雲が動くので、月が走るのではない。

／那是雲在動，不是月亮在跑。

由於它多用來敘述客觀事物的因果關係，不含有主觀成分在內，因此述語部分較少用如：なさい、ください、てはいけない、ましょう、するつもりだ等表示請求、命令、禁止命令、意志、勸誘的詞語，這時一般要用から來接續。

○暑いので、窓を開けました。

／因為天熱，所以把窗戶打開了。

×暑いので、窓を開けなさい。↓○暑いから、窓を開けなさい。

／因為天熱，請把窗戶打開！

○雨が止んだので、みんなは出掛けました。

／因為雨停了，所以大家都出門了。

×雨が止んだので、出掛けましょう。↓○雨が止んだから、出掛けましょう。

／雨停了，我們出發吧！

另外，它和から還有一點不同之處，即から可以用「～のは～からだ」，而ので則不能這麼用。

## 7 が（けれども）

兩者都接在活用語終止形下面，意思用法基本相同，都連接前後兩項，只是けれども（也用けれど）多用在會話裡，而が在會話裡、文章裡都用。

**（1）表示逆態確定條件，即出現的前項已是確定事實，而後項卻出現了與預料相反的情況。相當於中文的「雖然……可是……」。**

○薬を飲んだが（けれども）風邪は少しもよくなりませんでした。

／雖然吃了藥，但感冒一點也沒好轉。

○電車は込んでいたが（けれども）、幸い、おじいさんは腰掛けることができました。

／雖然電車很擠，但很幸運地爺爺有了座位。

○旅行に行こうと思ったが（けれども）、天気が悪いのでやめました。

／雖然想出去旅行，但天氣不好，就不出去了。

○夏になりましたが（けれども）、海に来る人はそう多くありません。

／雖然到了夏天，但來海邊的人不多。

○僕は読んだことがあるけれども（が）、よく覚えていません。

／雖然我有看過，但記不太起來。

**(2)並列相反的兩個事實。當於中文的「雖然……可是……」。**

○昼間は暖かくなったが（けれども）、夜はまだ寒いです。

／雖然白天變暖和了，但晚上還是很冷。

○駅(えき)の近(ちか)くには賑(にぎ)やかだが（けれども）、この辺(へん)は人通(ひとどお)りも少(すく)ないです。

／雖然車站附近很熱鬧，但在這一帶來往的行人卻很少。

○東京(とうきょう)には海(うみ)があるが（けれども）、京都(きょうと)には海(うみ)はありません。

／東京有海，但京都沒有海。

○家(いえ)は学校(がっこう)に近(ちか)いが（けれども）、市場(いちば)には遠(とお)いですから、なかなか不便(ふべん)です。

／我家雖然離學校很近，但離市場很遠，很不方便。

○私(わたし)は日本語(にほんご)ができるが（けれども）、英語(えいご)は下手(へた)です。

／我雖然會說日文，但英文卻很糟糕。

**(3)表示前提條件，即為了敘述後項事實、情況，作為前提舉出前項，然後用「が」、「けれども」連接起來，因此這時只做單純的連接作用。在中文裡往往翻譯不出來。**

○すみませんが（けれども）、ちょっとお待(ま)ちください。

／不好意思，請你稍等一下！

○私は山田ですが（けれども）、内山先生はいらっしゃいますか。

／我是山田，請問內山老師在嗎？

○明日は学校が休みですが（けれども）、さて、どこかへ行きましょうか。

／明天學校休息，那我們出去走走吧！

○なかなか立派な建物ですが（けれども）、何という名前ですか。

／真是雄偉的建築啊，叫什麼名字？

○松本清張の書いた小説を読みたいですが（けれども）、どんな本がいいですか。

／我想看一看松本清張寫的小說，哪一本好呢？

○人から聞いたのですが（けれども）、学部主任は日本へいらっしゃったそうですね。

／我是從旁人那裡聽說的，系主任到日本去了嗎？

引申用在句末作為終助詞來用，用來緩和語氣。在中文裡往往翻譯不出來。如：

○みんな無事だといいですが（けれども）。

／大家平安無事就好。

○もう二点取れたら合格できるのが（けれども）。
／再多得兩分，就能考上了，但……。

○私は全くその通りだと思うのですが（けれども）。
／我認為完全是那樣沒錯。

○父はもうじき帰るはずですが（けれども）。
／父親應該待會就會回來的。

## ●慣用型

が可以構成下面的慣用型，這時不能用けれども。

### (1)活用語未然形よう（う）が～

構成逆態假定條件。相當於中文的「不論……也」、「即使……也」，或根據前後關係適當地翻譯成中文。

○何を読もうが、君の勝手です。

／要看什麼書，隨你的便。

○僕が何をしようが、君の構うものじゃない。

／我要做什麼，你管不著。

有時也用「活用語未然形よう（う）が、同一類型活用語未然形よう（う）が～」構成並列的逆態假定條件。相當於中文的「不論……還是……」，有時也翻譯不出來。

○字を書こうが、本を読もうが、一切干渉しません。

／你要寫字還是看書，我全不管。

○浅かろうが、深かろうが、構わず飛び込みます。

／不論水深水淺，直接往下跳。

### (2)活用語未然形よう（う）が、同一活用語未然形（其中五段動詞接在終止形下面）まいが～

並列語義相反的兩項，做為逆態假定條件。相當於中文的「不論……還是不……」，或根據前後關係適當地翻譯成中文。

○行こうが、行くまいが、いろいろと考えました。

／要去還是不去，我想了很久。

○人が見ていようがいまいが、正しくないことはしてはいけません。

／不論有沒有人看著，都不應該做不對的事情。

## 8 のに

接在活用語連體形下面（有時接在形容詞、斷定助動詞だ的連體形下面），用來連接前後兩項，構成逆態確定條件，但含有責怪、不滿或感到意外、感到反常的語氣。相當於中文的「可是」、「儘管」、「偏偏」等，有時也翻譯不出來。

○止めようというのに、なぜ止めないのか。

／都叫你停了，你為什麼不停呢？

○まだ早いのに、もう出掛けるのですか。

／還那麼早，已經要出門了嗎？

○彼は体が小さいのに、なかなか力があります。

／他個子小，力氣卻很大。

○呼んでいるのに、返事もしてくれません。

／明明在叫他，可是他卻不回應。

○もう約束の時間が過ぎたのに、まだやってきません。

／已經過了約定的時間，可是還沒有來。

○もう九月になったのに、一向に涼しくなりません。

／已經進入九月了，可是一點也不涼爽。

○いつも暇なのに（だのに）、なぜ尋ねて来ないのでしょう。

／明明都有空，為什麼不來一趟呢？

○あの人は日本語が上手なのに（だのに）、あまり日本語で話そうとしません。

／儘管他日語很好，但不常用日語講話。

或引申作為終助詞用在句末，表示對結果感到意外、不滿，含有遺憾、無可奈何的語氣；或埋怨對方不了解自己的心情。相當於中文的「可是……」或不翻譯出來。

○もう少し早く起きれば、電車に間に合うのに。
／再早一點起來的話，就能趕上了火車，可是……。
○いつも今回の試験のようにいい成績が取れれば、いいのに。
／如果平常都像這次考試考得這麼好的話，該有多好呀……。
○どうしてあの人が嫌いですか。あんなに親切なのに。
／你為什麼討厭他呢？他明明很親切呀。
○こら、入ってはいけない。さっきあれほど言ったのに。
／喂！不能進去！剛剛說了那麼多次，還進去！

のに與が（けれども）都能構成逆態確定條件，但兩者用法是不同的：が（けれども）只是一般的敘述，不含其他特別的意思；而のに則對所出現的情況有責怪、不滿或出乎意外、感到遺憾的語氣。因此，即使形式相同的句子，含意也稍有不同。如：

○夜になったが（けれども）、雪は止みませんでした。
／到了晚上，雪也沒有停。
○夜になったのに、雪は止みませんでした。
／儘管到了晚上，雪也沒有停。
○もう授業が済んだが（けれども）、彼は帰ろうとしません。
／已經沒有課了，可是他還不想回去。
○もう授業が済んだのに、彼は帰ろうとしません。
／儘管沒有課了，可是他還不想回去。

上述用が（けれども）的句子，只是一般的敘述，而用のに的句子，則含有出乎意外，令人感到奇怪的語氣。

但有的句子只能用のに；而不能用が、けれども。如：

○行けというのに（×が、×けれども）、どうして行かないのか。
／就說要讓你去了，你為什麼不去呢？

這個句子含有責怪的語氣，因此不能用が、けれども。如果用が、けれども則要改成一般句子。即：

○行（い）けといったが、彼（かれ）はどうしても行（い）きません。
／我讓他去，可是他怎麼也不去。

前後兩項相反的語氣，不是很強烈時，或者單純並列兩個相反的事實，或者作為提示條件來用時，只能用が（けれども），而不能用のに。

○彼（かれ）は部屋（へや）に入（はい）ったが（けれども）（×のに）、そのまま出（で）て来（き）ませんでした。
／他進到房間去，就不出來了。

○村山（むらやま）さんは頭（あたま）がよいが（けれども）（×のに）、体（からだ）が弱（よわ）いです。
／村山先生頭腦好，但身體虛。

○私（わたし）は運動（うんどう）もするが（けれども）（×のに）、勉強（べんきょう）もします。
／我既運動也讀書。

○すみませんが（けれども）（×のに）、ちょっとお待（ま）ちください。
／對不起！請你稍等一會！

## 9 ては

是接續動詞て後續副助詞は構成的接續助詞，接在活用語連用形下面，其中接在な行、ま行、が行、ば行五段動詞下面時，動詞語尾發生音便，ては變成では；接在體言、形容動詞下面時，用「體言であっては」、「形容動詞語幹であっては」，分別簡化為「體言では」、「形容動詞語幹では」，都為連用修飾語，表示順態條件。

**(1)表示順態假定條件，即假定出現前項這一情況，那將如何如何，而後項述語部分多用消極否定詞語。相當於中文的「如果……（那麼）」、「若是……（那麼）」等，有時也不翻譯出來。**

○慌（あわ）ててはうまくできないでしょう。

／如果慌的話，會做不好的吧。

○途中（とちゅう）で止（や）めては何（なん）にもなりません。

／半途就停下來的話，那什麼都沒有意義。

○周りが騒がしくては仕事ができないでしょう。
／周圍要是很吵的話，就沒辦法工作吧。
○新聞を読まなくては毎日の出来事も知らないでしょう。
／如果不看報紙的話，就不知道每天的大事了吧。
○よく勉強しなくてはいい成績は得られないでしょう。
／如果不用功學習，那是得不到好成績的。
○話があまり簡単では（であっては）分かりにくいでしょう。
／如果話講得過於簡單，那就很難理解吧！
○会議が七時では（であっては）少し早すぎます。
／如果七點開會，那有些過早。

有時也表示順態常定條件，即不受時間限制，任何時候都是如此。相當於中文的「如果……的話，（那）……」。有時也翻譯不出來。

○体は弱くては激しい運動ができません。
／身體虛弱的話，就不能做劇烈的運動了。

○あんまり暑(あつ)くてはやりきれません。
／要是太熱的話，那可是吃不消的。

**(2)表示順態確定條件，即表示如果像這樣出現前項的情況，那則如何如何。這時前項裡多用「こんなに」、「そんなに」、「あんなに」之類的詞語，而後項也多用消極否定的述語。相當於中文的「這麼（那麼）……的話，那……」等。**

○あんなに大勢(おおぜい)の人(ひと)が集(あつ)まっては、会場(かいじょう)が狭(せま)すぎるのではありませんか。
／聚集了那麼多的人，會場太小了吧！

○毎日(まいにち)あんなに遊(あそ)んでは落第(らくだい)するのはあたりまえです。
／每天玩成那樣，當然會留級的了。

○こんなに暑(あつ)くてはやりきれません。
／天氣這麼熱，真吃不消。

○あんなに騒(さわ)がしくては勉強(べんきょう)ができません。

／那麼吵，書都讀不下去了。

○こんなに汚(きたな)く書(か)いては先生(せんせい)に叱(しか)られるでしょう。

／寫得這麼亂，會被老師罵的。

○廊下(ろうか)でこんなに騒(さわ)いでは困(こま)ります。

／在走廊上這麼吵鬧，叫人頭痛。

○天気(てんき)がこう不順(ふじゅん)では（であっては）病人(びょうにん)にはよくありません。

／天氣這樣時冷時熱，對病人不好。

○たった二人(ふたり)では運(はこ)べないのはあたりまえです。

／只有兩個人搬，當然搬不動阿。

上述順態假定條件與順態確定條件，單純從ては的形態上來看是一樣的，只是表示確定條件時，前項多用「こんなに」、「そんなに」、「あんなに」或「こう」、「そう」、「ああ」等詞語，表示前項的情況已成為事實，因此是確定條件，而順態假定條件時，則不用這些詞語。如：

○漢字を書き間違えては困ります。
／如果把漢字寫錯可不好。（順態假定條件）
○こんなに漢字を書き間違えては困ります。
／像這樣把漢字寫錯了可不好。（順態確定條件）
○子供だから、重くては持てないでしょう。
／因為是小孩子，重的話拿不動的。（順態假定條件）
○子供だから、こんなに重くては持てないでしょう。
／因為是小孩子，這麼重的話拿不動的。（順態確定條件）

**(3)表示習以為常的動作、行為或某一動作行為的反覆。可翻譯成中文的「每……」、「每逢……」或根據前後關係適當地翻譯成中文。**

○彼はすき焼きが好きで、町へ行っては必ずすき焼きを食べます。
／他喜歡吃壽喜燒，每到街上一定要吃頓壽喜燒。
○父は酒を飲んでは騒ぎます。
／父親每逢喝了酒就鬧事。

○失敗してはやり直し、失敗してはやり直してとうとう成功しました。

／不斷地失敗，不斷地重來，最後終於成功了。

○おばあさんは話しては泣き、泣いてはまた話しました。

／奶奶講了就哭，哭了又講。

○雪が降っては消え、消えてはまた降りました。

／雪下了又化，化了又下了。

○降っては晴れ、晴れてはまた降り出しました。

／雨下了又放晴，放晴後又下了。

○僕は立ち上がっては転び、転んではまた立ち上がりました。こんなにしてとうとう滑れるようになりました。

／我站了起來又摔倒了，摔倒後又站了起來。這樣我終於會滑了。

## ●慣用型

### (1) 動詞連用形ては

- いけない
- ならない
- だめだ
- 困る（こま）

四者含意用法相同，都表示這樣做不行，這麼做不好，相當於中文的「不要……」、「不可……」、「可別……」等。

○勝手（かって）に紙屑（かみくず）を捨（す）ててはいけません。

／不要隨地亂丟紙屑！

○みだりに痰（たん）を吐（は）いてはなりません。

／不要隨地吐痰！

○廊下（ろうか）で騒（さわ）いだりしては困（こま）ります。

／不要在走廊喧嘩、打鬧！

○もっと勉強（べんきょう）しなくてはだめです。

／不再用功些是不行的。

## (2)體言にしては～

一般用來提示某一情況、某一問題，接著敘述後面的與一般不同的情況、結果。相當於中文的「作為……來說」、「照……來說」，或不翻譯出來。

○外国人（がいこくじん）にしては、日本語（にほんご）がなかなかうまいですね。

／以外國人來說，他的日文算很好了。

○中学生（ちゅうがくせい）にしては背（せ）が高（たか）い方（ほう）ですよ。

／作為一個國中生來說，他的個子算是高的。

○一万円（いちまんえん）にしては少（すこ）し高（たか）すぎます。

／需要一萬圓日幣，太貴了。

## 10 ても（たって）

ても是接續助詞て後續副助詞も構成的接續助詞，在會話裡也用たって，與ても的用法、含意相同，可互換使用，兩者都接在活用語的連用形下面，其中接在な行、ま行、が行、ば行五段動詞下面時，動詞語尾發生音便，將ても改成でも；接在體言或形容動詞下面時，用「體言であっても」、「形容動詞語幹であっても」，簡化為「體言でも」、「形容動詞語幹でも」，都構成連用修飾語，表示逆態條件。

**(1)表示逆態假定條件，即假定前項即使如此，後項也將出現與一般估計、想像相反的情況。相當於中文的「即使……也……」、「縱然……也……」、「無論……也……」等，或適當地翻譯成中文。**

○明日は雨が降っても出掛けます。
／即使明天下雨，也要出門。
○気をつけていても、失敗するかもしれません。
／即使小心注意，也可能會失敗。
○その薬は飲んでもすぐには効きませんよ。
／那個藥即使吃了，也無法立刻見效。
○試験を受けても合格できないでしょう。
／即使參加考試，也考不上的吧。

○車で行っても夜の特急には間に合わないでしょう。

／即使坐車去，也趕不上晚上的特快車吧。

○丈夫でもそんなに長く使えないでしょう。

／即使結實，也沒辦法用那麼久吧。

○うまくできなくても、一度やってごらんなさい。

／即使做得不好，也得做一次試試！

這一逆態定條件也用來表示常定條件，即表示沒有時間限制，任何時候都是如此的。相當於中文的「即使……也……」等。

○馬は暗くなっても平気で歩けます。

／馬即使天黑了，也能走得很好。

○夏は夜の七時になってもまだ明るいです。

／夏天即使到了晚上七點，天還是亮的。

(2) 表示逆態確定條件，一般敘述已經完了或過去的事情，表示無論怎樣進行前項的活動，後項也會出現與一般估計、想像相反的情況。相當於中文的「無論……也……」、「雖然……也……」、「儘管……也……」等。

○いくら呼んでも、彼は返事をしませんでした。
／無論怎麼喊他，他也不回答。

○七時になっても父は帰ってきません（でした）。
／（儘管）已經七點了，父親還沒有回來。

○この文章は何遍読んでも理解できませんでした。
／這篇文章不論我讀幾遍還是無法理解。

○あんなに寒くても誰も寒いとは言いませんでした。
／天雖然那麼冷，但都沒有人喊冷。

○夜は静かでも昼はとても騒がしいです。
／儘管晚上很寧靜，白天卻很嘈雜。

○おじは若く見えてももう五十歳ですよ。

／儘管大伯看起來很年輕，但已經五十歲了。

○うちの次男は体は大きくてもまだ子供ですよ。

／我們家的老二雖然體格壯碩，但還只是個孩子唷。

## ●慣用型

### (1)**活用語連用形**てもいい／**活用語連用形**てもよろしい

兩者意思、用法基本相同，只是「～てもよろしい」更鄭重一些，都表示容許或許可。相當於中文的「也可以……」、「也不妨……」。

○先生、鉛筆で書いてもよろしいですか。」「はい、鉛筆で書いてもいいです。」

／「老師！可以用鉛筆寫嗎？」「是，可以用鉛筆寫。」

○もう用事がありませんので、帰ってもいいです。

／已經沒事了，可以回去了。

○用事（ようじ）があったら、明日（あした）の遠足（えんそく）に行（い）かなくてもいいです。

／如果有事的話，也可以不去明天的郊遊。

## (2)活用語連用形てもかまわない

與「てもいい」、「てもよろしい」基本相同，也表示容許、許可，即表示即使這樣做也沒有關係。相當於中文的「……也沒有關係」、「也可以……」。

○もう要（い）りませんので、捨（す）ててもかまいません。

／已經不用了，仍了也沒關係。

○品（しな）がよければ、少（すこ）し高（たか）くてもかまいません。

／如果東西好，貴一點也沒有關係。

## (3)活用語連用形ても仕方（しかた）がない

表示即使做出這一活動、動作，也沒有辦法，也沒有用。相當於中文的「……也沒有用」、「……也沒意思」等。

○泣いても仕方がありません。

／哭也沒有用。

○天気が悪ければ、行っても仕方がないから止めましょう。

／天氣如果不好，去也沒有意思，就別去了吧。

值得注意的是：「～ても仕方がない」與「～て仕方がない」兩者型態相似，但含意完全不同，很容易混淆，後者表示「……不得了」。（參見第135頁，第二章て）

○水が飲みたくて仕方がない。

／想喝水想得不得了。

### (4) たとえ**活用語連用形**ても～

表示逆態假定條件，比單純用「～ても」語氣更強。相當於中文的「即使……也……」、「縱然……也……」。

○たとえ雨が降っても、そのイベントに出席します。

／即使下雨，也會去參加那個活動。

○たとえ忙(いそが)しくても、約束(やくそく)を忘(わす)れてはいけません。

／再忙，也不能忘了約會。

○たとえ冗談(じょうだん)でもそんなことを言(い)ってはいけません。

／即使是開玩笑，也不能講那種話。

### (5) いくら**活用語連用形**ても～

表示逆態確定條件，後項多為否定形式或消極內容。相當於中文的「無論……也（不）」、「怎樣……也（不）……」等。

○いくら説明(せつめい)しても分(わ)かってくれません。

／無論怎麼說明，他也聽不懂。

○いくら掛(か)けても電話(でんわ)が通(つう)じません。

／不論怎麼打，電話也不通。

○いくら頼(たの)んでも承知(しょうち)してくれません。

／無論怎麼求他，他也不答應。

有時，後項也用一般內容或積極內容。

○今日はいくら飲んでもかまいません。

／今天喝再多，也沒有關係。

## (6) どんなに活用語連用形ても～

也構成逆態確定條件，後項也多為否定形式或消極內容。相當於中文的「無論怎麼也（不）……」、「怎樣……也（不）……」。

○私がどんなに勉強しても、あの人ほど上手になれません。

／我再怎麼用功，也不會像他那樣好。

○どんなに寒くても零度以下になったことはありません。

／無論怎麼冷，也不曾冷到零度以下。

○どんなに頑張っても思い通りにならないこともあるんです。

／無論怎麼努力，也會有不如意的事。

有時，述語也用一般內容或積極內容的詞語。如：

○どんなに狭くても、やっぱり自分の家が一番いいです。

／無論多麼窄小，還是自己的家最好。

「どんなに～ても」與「いくら～ても」兩者意思用法大致相同，都表示無論怎麼……也……，通常是能互換使用。但いくら含有多少次這一數量的意思，因此いくら～ても有時用來表示無論做多少次的意思，這時則不能用どんなに～ても。如：

○いくら掛けても電話中です。

／無論打多少次電話都占線。

○いくら呼んでも、彼は聞こえませんでした。

／無論喊多少次，他都沒有聽見。

上述兩個句子都含有許多次的意思，因此不能換用どんなに～ても。

由於たって與ても的接續關係、意思、用法基本相同，因此上面說明ても的例句，基本上可換用たって。如：

○呼んだって（でも）返事をしません。
／喊他也不回應。

○少しぐらい痛くたって（○ても）我慢しなさい。
／稍微疼一些，請你忍耐一下！

○試験を受けたって（○ても）合格できないでしょう。
／即使參加考試，也考不上的吧。

○これほど言ったって（○ても）、まだ分からないのですか。
／說了那麼多，還是不懂嗎？

○いくら掛けたって（○ても）電話が通じません。
／無論打多少次電話也打不通。

○どんなに急いだって（○でも）間に合わないでしょう。
／無論怎麼趕，也來不及吧。

〔參考〕とも

とも是書面語接續助詞，與ても大致相同，有時也用在口語裡，但還沒有口語化。接續關係比ても要複雜：①接在形容詞（包括ない）及助動詞ない、たい的連用形下面；②接在動詞及動詞型助動詞れる、られる等未然形（よう或う）下面，構成連用修飾語。

**(1)表示逆態假定條件。相當於中文的「即使……也……」、「無論……也……」。**

○目標が正しくとも方法が間違っていれば駄目です。

／即使目標正確，但方法錯誤的話也不行。

○経験がなくとも、構いません。

／沒有經驗也沒有關係。

○いくら君が見たくとも、見せるわけにはいかない。
／無論你再怎麼想看，也不能給你看。
○他の人は帰ろうとも、私は帰りません。
／即使旁人回去，我也不回去。
○どんなことがあろうともここから離れてはいけません。
／無論發生什麼事情，也不能離開這裡！

**(2)表示相反情況的並列。一般用「～よう（う）とも～まいとも～」作為慣用型來用。相當於中文的「無論……還是……」。**

○物は試みだから、出来ようとも出来まいともやってみるがよいです。
／凡事就是要嘗試看看，無論成功與否，試試看總是好的。
○人が褒めようとも褒めまいとも、僕には一向関係がありません。
／不論旁人會不會讚賞，都和我沒有什麼關係。

## ⑪ば

接在活用語假定形下面，構成連用修飾語，表示順態條件和並列。

### (1)表示順態假定條件。即如果前項這一未成立的情況出現，那後項該如何如何。相當於中文的「如果……就……」、「若……」。

○明日雨が降ればどこへも行きません。
／明天如果下雨，哪兒也不去。

○寒ければもっと着なさい。
／如果冷的話，請再多穿一些！

○天気がもう少し良ければ行ったのだが。
／天氣如果再好一些的話就去了，可是（天氣不好）。

○はやく行かなければ間に合いません。
／如果不快點去，會來不及的。

○よく言(い)って聞(き)かせれば、分(わ)かるでしょう。

／如果你好好講給他聽，他會懂的。

○買(か)いたければ買(か)ってもいいです。

／如果想買的話，也可以買。

**(2)表示順態確定條件。即表示前項情況既然已經成立，則後項會如何如何。前項多用「こう」、「そう」、「ああ」或「こんなに」、「そんなに」、「あんなに」、等詞語說明情況已經出現。相當於中文的「既然……就……」，有時則根據前後關係適當地翻譯成中文。**

○そう言(い)えば、あれからもう五年(ごねん)経(た)ちましたね。

／說到這個，從那時起已經過了五年了呢！

○ここまで来(く)れば、もう一人(ひとり)で帰(かえ)れます。

／走到這裡的話，我就能一個人回去了。

○日本語がこんなに上手になれば、先生にでもなれます。
／日語這麼好的話，都可以當老師了。

○よく見れば、そんなにいいものでもありません。
／仔細一看，也不是那麼好的東西。

○そんなに面白ければ、僕も読みたいです。
／既然那麼有趣，我也想看。

**(3)表示順態常定條件。即表示前後兩項情況處於必然產生或經常出現的情況，多用來表示事物的真理和人們、動物的常習行為。相當於中文的「一……就……」。**

○春になれば花が咲きます。
／一到春天花就會開。

○梅雨時になれば雨が多くなります。
／一到梅雨季，雨就多了起來。

○二に二を足せば四になります。

／二加二等於四。

○屋上に上がれば、遠くの山々が見えます。

／爬上頂樓的話，就可以眺望到遠處的群山。

○あの店へ行けばいつでも買えます。

／到那家店去的話，不論何時都可以買到。

○風が吹けば波が立ちます。

／有風就起浪。

○水に入れればすぐ溶けます。

／放到水裡的話，立刻就會溶化。

**(4)表示提示條件。即提出講話的根據，用來引出下面所要講的情況。相當於中文的「根據…」與「如果…」。或不翻譯出來。**

○テレビの天気予報によれば、明日は雨だそうです。

／根據電視的氣象預報，明天有雨。

○専門家の推測によれば来年も豊作だそうです。
／據專家們的推測，明年也是豐收年。
○私に言わせれば、その意見に反対します。
／如果要我說的話，我反對那個意見。
○要約すれば、次のようになります。
／概括起來如下。

**(5)表示並列。並列前後兩項。相當於中文的「既……也……」。**

○彼は英語も話せれば、日本語もうまいです。
／他既會講英語，日語也好。
○部屋の中には老人もいれば、青年もいます。
／房間裡面既有老年人也有年輕人。
○気候もよければ、景色もいいです。
／氣候好，景致也佳。

○金(かね)もなければ暇(ひま)もありません。

／既沒有錢，也沒有閒。

○彼(かれ)は行(い)くとも言(い)わなければ、行(い)かないとも言(い)いませんでした。

／他既沒有說要去，也沒有說不去。

○僕(ぼく)は海(うみ)にも行(い)きたければ、登山(とざん)にも参加(さんか)したいんです。

／我既想去海邊，也想參加登山活動。

## ●慣用型

### (1) 活用語假定形ばいい

表示說話者的希望、要求等。相當於中文的「如果……就好……」、「如果……才好」。

○もう少(すこ)し雨(あめ)が降(ふ)ればいいなあ。

／再下一點雨就好了。

○明日ピクニックに行くつもりだから、天気がよければいいなあ。

／明天打算去野餐，如果天氣好就好了。

○台風が来なければいいが、このあたり、毎年のように台風に見舞われて大変です。

／如果颱風不來就好了，這裡每年都會遭受颱風災害，還真是吃不消。

如果用「動詞假定形ばよかった」時，由於述語用了ばよかった，因此意思與～ばいい不同，它多用來講已經過去的事情，表示過去要是如何如何就好了。句子裡含有後悔的語氣。相當於中文的「要……就好了」。

○あの時、その本を買えばよかったのですが、いい本とは知りませんでした。

／那時如果有把那本書買下來就好了，但是不知道那是一本好書啊。

○はやくお医者さんに診てもらえばよかったのに。

／要是早一點給醫生看看就好了。

### (2)活用語假定形ば、同一活用語假定形ほど～

相當於中文的「愈……愈……」。

○南へ行けば行くほど暑くなります。

／愈往南走天愈熱。

○練習すればするほど上手になります。

／愈練習愈熟練。

○値段が高ければ高いほど品がよくなるはずです。

／價銭愈高，東西應該愈好。

### (3)活用語連用形さえ～ば～／體言さえ～ば～

兩者都表示只要具備前項這一條件，就會產生後項的結果。相當於中文的「只要……就……」。

○練習しさえすれば上手になります。

／只要練習就會進步。

○電話番号さえあれば、連絡できます。

／只要有電話號碼，就能聯絡上。

○雨さえ降らなければ、ハイキングにでも行きましょう。

／只要不下雨，就出去郊遊吧。

(4) ～ばこそ～

見こそ構成的慣用型（參看第240頁，第三章こそ。）

## ⑫と

接在活用語的終止形下面，構成連用修飾語，表示順態條件和兩個事項兩種情況同時出現。

(1) 表示順態假定條件。大致與「ば」的(1)意思、用法相同，表示如果前項未成立的情況出現，那後項將如何如何。但「と」主要用來敘述客觀事物、情況的前後關係，後項不用請求、命令、勸誘、容許、決意等形式結句，這時一般要用「ば」。相當於中文的「如果……就……」、「一……

**就……」「若……就……」等，或適當翻譯。**

○急行で行くと、三時間ぐらいで行けます。
／若搭快車去，大概三小時就到。
○私はお腹がすくと、自分で料理を作ります。
／我如果餓了，就自己做飯。
○窓を開けると、富士山が見えます。
／打開窗戶，就看得見富士山。
○春になると、桜が咲きます。
／一到春天，櫻花就會盛開。
○はやく行かないと間に合いませんよ。
／若不快點去就來不及了。

上述句子都可以換用ば。

但由於と不能用於表示請求、命令、勸誘等句子，因此下面句子是不通的，一般要用ば。

×行きたいと一緒に行きましょう。↓○行きたければ一緒に行きましょう。

／你想要去的話，我們一起去吧。

×寒いともっと着なさい。↓○寒ければ、もっと着なさい。

／若是冷的話，再多穿點衣服！

**(2)表示順態確定條件。它有下面兩種情況：**

**①與「ば」的(2)的意義、用法大致相同。**

○君がそういうと、そうも考えられます。

／聽你那麼一說，也可以這麼想。

○ここまで来ると、もう一人で帰れます。

／來到了這裡，就能夠一個人回去了。

○よく見ると、そんなにいいものでもありません。

／仔細一看，也不是那麼好的東西。

上述句子都可以換用ば。

同樣地不能用於表示請求、命令、勸誘句子裡，因此下面句子是不通的，一般要用ば。

×そんなに暑いと上着を脱ぎなさい。↓○そんなに暑ければ上着を脱ぎなさい。

／如果那麼熱的話，就把外衣脫了吧。

×そんなにほしいと買ってもいいです。↓○そんなにほしければ買ってもいいです。

／你那麼想要的話，就買吧！

歸納起來ば與と的關係大致如下：

用ば可以用
- ～てください
- ～なさい
- ～ましょう
- ～てはいけません
- ～てもいいです
- ～するつもりです

結句

と則不能用上述詞語結句。

②**前項用動詞等**現在式，**而後項用**過去式「た」**結句，這時也構成**順態確定條件，**表示**過去已經發生的事情。**但「ば」沒有這一用法，不能換用「ば」。它也有兩種情況：**

**1前後兩項是**同一動作主體，**表示**後項是前項的結果。**可以適當地翻譯成中文。**

○その話を聞いていると、つい涙を流してしまいました。

／聽了他的話，不由得流下了眼淚。

○火事だと聞くと、飛び起きました。

／聽到發生火災了的喊聲，立刻跳了起來。

○彼は言い終わると、すぐ出ていきました。

／他一說完，立刻就走出去了。

○手紙を読み終わると、彼は腹を抱えて笑い出しました。

／一看完信，他就捧腹大笑。

2 前後兩項是不同的兩個動作主體，表示後項是偶然發生的狀態、情況、事實。可根據前後關係適當地翻譯成中文。

○教室に入ってみると、先生はもう講義を始めていました。
／一進教室，老師已經開始在講課了。

○目を覚ますと、大雪が降っていました。
／一覺醒來，天下著大雪。

○耳を澄ますと、「助けてくれ」と叫び声が聞こえてきました。
／仔細一聽，能聽見有人在喊「救命啊」。

○家に帰ると、みんなはもう夕飯を済ましていました。
／回到了家，家人都已吃完晚飯了。

○今朝、学校の前まで来ると、雨が降り出しました。
／今天早上來到學校前的時候，下起了雨。

(3)表示順態常定條件。基本上與「ば」的(3)用法相同，表示前後兩項是必然性產生**或**經常出現的情況。**即多用來表示**真理、常態行為等。**可換用「ば」，並且**諺語**等多用「ば」，而不用「と」。相當於中文的「**一……**就……」。**

○春になると、いろいろな花が咲きます。
／一到春天，百花齊放。

○十二月になると、商店も会社も忙しくなります。
／一到十二月，無論商店、公司都忙了起來。

○五に五を足すと十になります。
／五加五等於十。

○雨が降ると、道が悪くなります。
／一下雨，路況就變差了。

○お湯で洗うと、きれいになります。
／用熱水一洗就乾淨了。

○あの角を右に曲がると、駅の前です。

／從那個轉角向右轉，就是車站的前面了。

上述句子都可以用ば，意思相同。但下面的一些諺語，則多用ば，不用と。

○塵も積もれば山となる。

／積沙成塔。

○三人寄れば文殊の知恵。

／三個臭皮匠，勝過一個諸葛亮。

**(4)表示提示條件。即提出講話的根據，用來引用下面所要講的內容。與「ば」的(4)用法基本相同，可以互換使用。可適當的翻譯成中文。**

○朝日新聞の報道によると、今回の火山の噴火による損害は甚大なものだという。

／根據朝日新聞的報導：這次火山噴發所帶來的損失是巨大的。

○結果から言うと、次の通りであります。

／從結果來說，大致如下。

○私に言わせると、そんなことは決してするものではありません。

／讓我來說的話，那種事情是絕對不該做的。

上述(4)的例句，都可以換用ば。

---

## ●慣用型

### (1)動詞終止形とすぐ～

表示前項動作完成以後，立即進行後一項活動、動作。相當於中文的「一……就……」、「……立刻就……」。

○朝起きると、すぐ庭に出てラジオ体操をします。

／早上起床後，立刻到院子裡做收音機體操。

○太郎は朝ご飯を食べ終わるとすぐ学校へ行きました。
／太郎吃完早飯後，立刻到學校去了。

（2）體言或小句子
というと～

となると～

とくると～

後面的「と」是本節的接續助詞，三個慣用型基本相同，都表示提示條件，即提起某種事物、某一問題。相當於中文的「說起」、「提起」、「提到」等。

○水泳となると、私は全然だめです。
／說到游泳，我完全不會。
○ロシヤ語とくると、彼は少しも分かりません。
／說到俄文，他一點也不會。
○日本の車というと、日産が一番いいだと思います。
／說起日本的汽車，我覺得日產是最好的了。

### (3) 動詞連用形た（か）と思(おも)うと～た

表示前一項情況出現不久，又出現了後一項情況，這後一項情況多是出乎人們意料之外的。相當於中文的「剛……又……」。

○空(そら)が晴(は)れた（か）と思(おも)うと、また曇(くも)ってきました。
／才剛放晴，天空又開始轉陰了。

○来(き)た（か）と思(おも)うと、また帰(かえ)ってしまいました。
／剛來又回去了。

○駅(えき)に着(つ)いたかと思(おも)うと発車(はっしゃ)しました。
／剛剛到站，就開車了。

### (4) 動詞未然形よう（う）と

與「ても」的意思相同，多表示逆態假定條件。相當於中文的「無論……」、「不論……」。

○何を買おうと君の勝手です。

／無論你要買什麼，隨你的便。

○人が何と言おうと自分が正しいと思ったことをやればいいです。

／無論旁人說什麼，只要去做那些你認為是對的事情就好了。

○どこへ行こうと、僕はついて行きます。

／無論到哪，我都跟著去。

也構成「動詞未然形よう（う）と、同類動詞未然形よう（う）と～」，也與「ても」的意思相同，表示逆態假定條件。相當於中文的「無論……還是……」。

○雨が降ろうと、風が吹こうと練習を欠かしたことはない。

／無論颳風下雨，都不曾停止練習。

○本を読もうと、字を書こうと、めがねをかけなければだめです。

／無論看書、寫字，不戴眼鏡是不行的。

也構成「動詞未然形よう（う）と、同一動詞未然形（其中五段動詞接在終止形下面）まいと～」，也表示逆態假定條件。相當於中文的「不管……還是……」、「無論……還是……」。

○彼が行こうと行くまいと、私は行きます。

／不管他去不去，我是要去的。

○見ようと見まいと、各自の自由です。

／要看不看，是你們各自的自由。

○作品を出そうと出すまいと、自分で決めてください。

／要不要提出作品，由自己決定。

## (5) 活用語終止形といい

作為句子的述語來用，與「ばいい～」基本相同，表示說話者的希望、願望。相當於中文的「如果……多好啊」、「如果……就好」。

○もう少し雨が降るといいなあ。

／再下一點雨就好了。

○こんな強い風が吹かないといいなあ。
／要是不颳這麼大的風該有多好啊！

上述句子的といい都可以換用～ばいい。但～ばいい句式裡的いい可以省略，而～といい中的いい則不能省略。

○一緒にハイキングに行くことができればなあ。（×できるとなあ）。
／如果能一起去郊遊多好啊。

**(6) 動詞、使役動詞終止形と**┬いけない
└だめだ

兩者意思、用法相同，都表示禁止命令。但這時不能用～ばいけない、～ばだめだ。相當於中文的「不要……」、「不准……」。

○動くといけません。
／不要動。

〇そんなところで泳(およ)ぐとだめだ。
／不要在那種地方游泳。
〇子供(こども)に酒(さけ)を飲(の)ませるといけません。
／不要讓小孩子喝酒！

## ⑬ところ、ところが

兩者是從名詞ところ轉化來的接續助詞，已失去了原來的詞性和意義。它們的接續關係受到很大的限制，僅接於時間助動詞た的連體形下面，用「～たところ～た」、「～たところが～た」的形式，連接前後兩項，在前項提出某種情況，在後項敘述已經形成的結果，由於句子的述語多用た結句，因此是講已過去或已完了的事情。而ところ與ところが的差異在於ところが只能表示逆態確定條件，但ところ既能表示順態也能表示逆態確定條件，進一步分析如下：

**(1)表示順態確定條件。可據前後關係適當地翻譯成中文。但多翻譯不出來。**

○その薬を飲んだところ、病気がどんどんよくなりました。
／吃了那個藥，病就逐漸好了起來。

○急いでレポートを書いたところ、思ったよりはやくできました。
／趕忙地寫了報告，卻出乎預料很快地做完了。

○今朝、王さんのところへ寄ってみたところ、彼は病気で寝ていました。
／今天早上，到王先生那裡晃晃，結果他生病在睡覺。

○何回も実験してみたところ、やはり同じ結果が得られました。
／實驗了好幾次，果然都得到了相同的結果。

**(2)表示逆態確定條件。與「~ところで」(2)的意義、用法相同，都與「が（けれども）」的意思相同，但後項多為無益、無用、消極否定內容。相當於中文的「雖然……可是……」、「儘管……可是……」。**

○何回（なんかい）も読（よ）んだところ（が）、よく分（わ）かりませんでした。

／雖然看了幾遍，但還是不懂。

○先生（せんせい）に聞（き）いたところ（が）、先生（せんせい）も分（わ）からないとおっしゃいました。

／雖然問了老師，但老師說他也不懂。

○店（みせ）を開（ひら）いたところ（が）、客（きゃく）がさっぱり来（き）ませんでした。

／雖然店家開張了，但顧客仍舊不上門來。

## ⑭ところで

也是從名詞ところ轉化而來的接續助詞，已失去了原來的詞性和意義。它的接續關係也只接於時間助動詞た的連體形下面，構成連用修飾語，與接續助詞ても的用法基本相同，但後項多為無益、無用、消極否定內容。進一步分析，有下面兩種用法：

**(1)表示逆態假定條件，與「ても」的意思、用法相同。相當於中文的「即使……也……」、「縱然……也……」、「無論……也」，或適當地翻譯成中文。**

○心配したところで、仕方がありません。

／現在擔心也沒有用。

○今行ったところで、間に合いません。

／現在去也來不及。

○どうせ急がせたところで、二三日で出来るはずがありません。

／就算讓他們趕，兩三天內也做不出來。

○もうこれ以上話し合ったところで無駄ですよ。

／即使再進一步和他們商量，也是沒有用的。

○君に金を貸したところで、必要なものを買わずに無駄遣いをするに決まっています。

／即使借給你錢，你也一定不會買需要的東西，而會把錢浪費掉。

**(2)表示逆態確定條件。與「ところが」和「ても」的意思、用法相同，後項述語部分多用**無益、無用、消極否定內容。**相當於中文的「**雖然……可是……**」、「**儘管……可是……**」，或根據前後關係適當地翻譯成中文。**

○君(きみ)が陰(かげ)でそんなことを言(い)ったところで何(なん)にもなりません。
／你在背後說那種話，有什麼用？
○あんなに腹(はら)を立(た)てたところで何(なん)にもなりません。
／你那麼生氣，也沒有什麼用。
○昨日(きのう)先生(せんせい)を尋(たず)ねて行(い)ったところで、先生(せんせい)は留守(るす)でした。
／昨天我去拜訪老師了，老師卻不在家。
○どんなに焦(あせ)ったところで、すぐは解決(かいけつ)できませんよ。
／再怎麼著急，也不能立刻解決啊！

## ⑮もの

是從名詞もの轉化而來的接續助詞，已失去原來的詞性和意義，接在用言、助動詞的終止形下面，連接前後兩項，與接續助詞から意義大致相同，構成順態確定條件，表示理由、原因、根據。相當於中文的「因為……所以……」，或根據前後關係適當地翻譯成中文。

○子供だもの、仕方がないさ。

／小孩子嘛，所以沒有辦法啊！

○あんなにきれいだもの、皆に好かれるよ。

／那麼漂亮嘛，所以才受人們喜歡。

○勉強しなかったんだもの、合格するはずがありません。

／因為不用功嘛，所以應該不會考上。

○毎日雨が降るんですもの、大水が出るわけです。

／因為每天下雨，所以才會漲大水的。

○ちっともじっとしていないんですもの、うまく撮影できませんわ。

／因為都沒靜下來不動，所以沒辦法好好拍照啊。

## ⑯ものの

是名詞もの下面接の構成的接續助詞，已失去原來的詞性和意義，接在用言、助動詞的終止形下面，特別是接在時間助動詞た的下面，連接前後兩項，構成逆態確定條件，與けれども的意思相似，一般在前項敘述並承認某一事實，用ものの接續起來將其一轉，而在後項講出了與一般人預料、想像相反的情況。相當於中文的「雖然……可是……」、「儘管……可是……」。

○見に行くには行ったものの、大して面白い映画ではありませんでした。
／是去看了，但不是什麼很有趣的電影。

○買い物に来たものの、あまり高いので何も買いませんでした。
／我雖然來買東西了，但因為太貴，什麼也沒買。

○彼は老人とはいうものの、仕事にかけては若者には負けません。
／他雖然是個老年人，但在工作上不比年輕人差。

○そうはいうものの、なかなかそう簡単にはいきませんよ。
／雖是如此，但也不是那麼簡單的。

○景色がいいものの、何しろ交通が不便です。
／風景雖然很美麗，但無論怎麼說，交通不方便啊。

○苦しいことは苦しいものの、また楽しいところもあります。
／雖然苦了一些，但也有快樂之處。

## 17 ものを

是名詞もの後續を構成的接續助詞，已失去もの的原來的詞性和意義，接在用言、助動詞終止形（有時接在連體形）下面，連接前後兩項，構成逆態確定條件，與のに的意思、用法相似。一般在前項敘述某一事實，或提出自己的看法，然後用ものを連接起來，在後項卻講出了與一般人預料、想像相反的情況，但含有不平、不滿、反駁的語氣。相當於中文的「可是……」、「偏偏……」，或根據前後關係適當地翻譯成中文。

○そんなに上手に歌えるものを、なぜ歌わなかったのですか。
／唱得那麼好，為什麼不唱呢？
○ちょっと気を付ければいいものを、不注意だから怪我をするのですよ。
／原本只要注意一下就沒事了，但一個不小心就受傷了。

○お医者(いしゃ)さんでさえ治(なお)せないものを、素人(しろうと)には治(なお)せるわけがありません。
／連醫生都治不好，外行人是不會治得好的。
○努力(どりょく)すれば何(なん)とかなるものを人(ひと)にばかり頼(たよ)っています。
／只要自己努力點就能做到的，卻一味地依靠旁人。
○やればできるものをやりませんでした。
／只要做了就能實現，可是竟沒有去做。
○言(い)いたいことがあれば言(い)えばよさそうなものを、どうして言(い)わないでしょうか。
／有話直說就好了，為什麼不說呢？

# 第三章　副助詞

副助詞既像格助詞那樣接在體言下面，也像接續助詞那樣接在活用語下面，也接在副詞以及其他詞語下面，都給所接的詞語添增某種意義。並且它可以與其所接的詞結成一個詞團而贏得體言資格，在句子中充當各種成分。副助詞本身可以重疊使用，同時也可以與其他助詞重疊在一起使用。當與其他的助詞重疊時，副助詞多在前面，有時也在後面。

○ごく簡単(かんたん)な勘定(かんじょう)ですから、電卓(でんたく)を使(つか)うまでもありません。

／是很簡單的計算，沒有必要使用電子計算機。

○ごく軽(かる)い運動(うんどう)や散歩(さんぽ)などぐらいはしても構(かま)いません。

／可以做些極輕微的運動、散散步等等。

○健康(けんこう)のためには十分(じゅっぷん)ずつだけでもいいから、毎日運動(まいにちうんどう)する方(ほう)がいいです。

／為了身體的健康，即使只花十分鐘也好，還是要每天運動比較好。

上述句子裡的まで、や、など、ぐらい、は、ずつ、だけ、でも都是副助詞。

主要副助詞有：

は、こそ、も、さえ、でも、だって、しか、まで、だけ（のみ）、ばかり、きり、ほど、ぐらい、など（なんぞ、なぞ、なんか）、やら、や、か、だの、の、なり、ずつ等。下面逐一加以說明。

## 1 は

は讀わ，接在體言、副詞、助詞下面，也接在用言連用形等下面，主要表示「提示」，即將所講的事物（即所接的詞語）提示出來，來與其他事物加以區別。

### (1) 接在表示事物的詞語（多是名詞或代名詞）下面。一般不翻譯出來。

**①構成一般的單句。**

○砂糖（さとう）は甘（あま）いです。

／糖甜。

○地球は太陽のまわりを回ります。

／地球圍繞太陽轉。

○エジソンは有名な発明家です。

／愛迪生是有名的發明家。

○私は小林です。

／我是小林。

有時一個句子用「は」或「が」都通，而要用「は」還是用「が」則取決於說話者在說話時心理的出發點、想強調的內容以及語氣而定。

從意思上來看：

**1 敘述眼前事物一般多用が。若不是要敘述眼前事物、情況，僅僅是提示講話主題，如關於一般事實的推斷、敘述，關於超越時間的真理、規律、能力、意志、習慣等的敘述，一般用は。如：**

○このお菓子（かし）が甘（あま）いです。
／這個點心很甜。（敘述眼前的事實）
○砂糖（さとう）は甘（あま）いです。
／砂糖很甜。（提示講話主題）
○この花（はな）がきれいに咲（さ）いていますね。
／這朵花開得真漂亮。（敘述眼前的事實）
○梅（うめ）の花（はな）は冬（ふゆ）に咲（さ）きます。
／梅花在冬天開花。（提示講話主題）

**2 敘述的事物對聽話者來說是未知的，一般用が，所敘述的事物對聽話者來說是已知時，一般用は。如：**

○座談会（ざだんかい）が三月一日（さんがつついたち）に催（もよお）されます。
／三月一日召開座談會。（初次發表要召開座談會時使用）
○座談会（ざだんかい）は三月一日（さんがつついたち）に催（もよお）されます。
／三月一日召開座談會。（已經知道要開座談會時使用）

從形式上來看：

以疑問詞做主語或在主語部裡含有疑問詞時，這時主語下面要用が，答話主語下面也用が。而以疑問詞做述語或在述語部裡含有疑問詞時，它的主語下面要用は，答句中的主語下面也用は。如：

○どなたが小林（こばやし）さんですか。
／哪一位是小林先生？
私（わたし）が小林（こばやし）です。
／我就是小林。

○あなたはどなたですか。
／您是哪一位？
私（わたし）は小林光一（こばやしこういち）です。
／我是小林光一。

○（地図（ちず）を見（み）て）どこが箱根（はこね）ですか。
／（看著地圖）請問箱根在哪裡？

ここが箱根（はこね）です。
／這裡是箱根。

○（地図（ちず）を見（み）て）ここはどこですか。
／（看著地圖）這是什麼地方？

ここは熱海（あたみ）です。
／這是熱海。

用は與用が比較複雜，以上是他們做單句用時，從意思、形式方面來看的主要不同。而構成複句時，還要從其他角度來考慮。

## ②構成複句的場合

**1構成總主語時，一般用は表示總主語，用が表示小主語或對象語。**

○象（ぞう）は鼻（はな）が長（なが）いです。
／大象的鼻子長。

○あの川は水がきれいです。

／那條河的水很乾淨。

○小川君は背が高いです。

／小川同學個子高。

○李君は野球が好きです。

／李同學喜歡打棒球。

○彼は英語が話せます。

／他會講英語。

○私は好きな本が読みたいです。

／我想看我喜歡的書。

值得注意的是：我們在學習日語時，往往將下列句子翻譯成中文式的句子，這並不合乎日語的語言習慣。如：

×彼の背は低いです。

×彼の英語は上手です。

上述兩個句子的說法，都是不合日語的語言習慣的。正確的說法，應該用「～は～が～」這一句式來表達。即：

○彼は背が低いです。

／他的個子矮。

○彼は英語が上手です。

／他的英語好。

**2構成一般複句時，用は表示整個句子的大主語，用が表示小主語，即連體修飾語或連用修飾語裡的主語。如：**

○背が高い人は着られません。

／個子高的人穿不下。

○毎年雪が降る日は多くありません。

／每年下雪的日子不多。

○雨が降ると、道は悪くなります。

／只要一下雨，路況就會變差。

○君が行っても私は行きません。

／就算你要去我也不去。

**3構成並列、對比句時前後兩個主語一般用は，但也能用が。如：**

○背の高い方は弟で、低いのは兄です。

／個子高的是弟弟，個子矮的是哥哥。

○前へ行けば右は山で左は海です。

／再往前走，右邊是山，左邊是海。

以上兩句是並列句。

○私は帰りますが、あなたはどうしますか。

／我要回去，那你呢？

○私(わたし)はいいけど、あの人(ひと)はどうか分(わ)かりません。
／我是沒關係，但不知道他怎麼樣。

以上兩句是對比句。

構成並列、對比句時，也可以用が，因此上述句子裡的は，都可以換用が。

## (2)接在副詞或助詞等下面，提示時間、場所等。

○やがては雨(あめ)が止(や)むでしょう。
／等等雨應該就會停吧。
○時々(ときどき)は遊(あそ)びにいらっしゃい。
／要常常來玩喔！
○学校(がっこう)からは何(なん)のお知(し)らせもありません。
／學校沒有任何通知。
○机(つくえ)の上(うえ)には辞書(じしょ)が二三冊(にさんさつ)おいてあります。
／在桌上擺著兩三本字典。

有時代替へ、を，也屬於這一用法，以強調主題。

○日光（へ）はまだ行ったことはありません。

／還沒有去過日光。

○コーヒーは飲むが、酒は飲みません。

／我喝咖啡，但不喝酒。

**(3) 接在活用語連用形下面，或用在「ている」、「てくれる」等中間，用來加強語氣。如：**

○雨は一向に降りはしませんでした。

／雨一直都不下。

○李さんは遊びはしません。

／李先生不玩。

○夏でも暑くはありません。

／即使是夏天也不熱。

○お酒(さけ)は少(すこ)しなら毒(どく)ではありません。

／若是小酌的話也沒有壞處。

○目(め)が覚(さ)めてはいたが、気(き)がつきませんでした。

／雖然是醒著的，但沒有發覺。

○こちらの話(はなし)を聞(き)いてはくれたが、承諾(しょうだく)してはくれませんでした。

／我講的話他是聽了，但沒有答應。

## 2 こそ

接在體言、副詞、接續詞、部分助詞下面，也接在用言、助動詞連用形下面，與は的作用相同，用來表示提示，但提示的作用比は更強。可以譯為「只有」、「正是」、「才是」，有時也不必特別翻譯出來。

○あの人(ひと)こそ私(わたし)の言(い)っている人(ひと)です。

／他正是我說的人。

○あの建物(たてもの)こそ代表的(だいひょうてき)な日本家屋(にほんかおく)です。

／那棟房子正是有代表性的日本家屋。

○私(わたし)こそご迷惑(めいわく)をおかけしたと思(おも)っています。

／我才是打擾您了。

○今度(こんど)こそ必(かなら)ず成功(せいこう)してみせます。

／這次一定要成功給你們看。

○そんなことは分(わ)かっています、だからこそこうして相談(そうだん)しているんじゃありませんか。

／那事我明白，正因為如此，我才來找你商量了。

○ようこそいらっしゃいました。

／歡迎光臨！

○こちらこそ失礼(しつれい)いたしました。

／我才是對不起你！

こそ與其他助詞的重疊關係比較複雜，主要接續關係如下：

①「こそ」與格助詞「が」、「を」可以重疊使用，用「こそが」、「こそを」，但更多的時候代替「が」或「を」。如：

○彼こそ（が）真の学者です。

／他才是真正的學者。

○これこそが本物です。

／這才是真貨。

○年こそ（を）取っているが、気持ちは若者には負けません。

／雖然年紀大了，但心意是不會輸給年輕人的。

○僕はあの人こそを自分の兄さんだと思っています。

／我認為他就是我的哥哥。

②「こそ」與其他格助詞大多可以重疊使用，這時「こそ」接在其他格助詞下面，有時也可以代替「へ」。

○先生の前でこそ、あんなにおとなしそうな顔をしていますけれど。

／在老師面前，倒是裝得一副乖小孩的樣子嘛。

○はっきりこそしないが、大体のことは分かりました。

／雖然還沒有弄清楚，但大致的情況了解了。

○僕は日本こそ行ったことはないが、日本のことには君より詳しいかもしれません。

／我雖然沒有去過日本，但對於日本的事情也許比你知道得還多。

**③「こそ」經常和「は」重疊起來，構成「こそは」來用，進一步加強語氣。**

○今度こそは、失敗しないように気を付けなさい。

／這次要注意不要失敗了。

### ●慣用型

由於こそ起一個提示作用，因此它可以構成比較多的慣用型，表示提示所接的詞語。

## (1)動詞連用形てこそ～

相當於中文的「只有……才……」。

○努力があってこそ本当の成功があります。

／有了努力，才有真正的成功。

○厳しい訓練があってこそ、試合で優勝しました。

／只有嚴格的訓練，才能在比賽中勝利。

## (2)活用語終止形からこそ～

與接續助詞から的意思相同，表示原因、結果，但語氣更強。可翻譯成「正因為……才……」、「正因為……所以……」。

○あなたがいたからこそ、この仕事がうまくいったのです。

／正因為有你，所以這個工作才得以順利進行。

○誠意があったからこそ、相手に通じたのです。

／正因為有誠意，所以才能把心意傳達給對方。

○よく練習したからこそ、相手を負かすことができました。

／正因為認真練習了，所以才能打敗了對方。

○計算の問題が複雑だからこそ電卓を利用するのです。

／正因為計算的問題複雜，所以才使用了計算機。

### (3) 活用語假定形ばこそ～

這裡的「ば」是書面語的殘餘，不再表示假定，而是表示原因。「ばこそ～」與前項「～からこそ～」含意大致相同。也可翻譯成「正因為……所以……」。

○水泳ができればこそ助かったのです。

／正因為會游泳，所以才得救。

○普段よく勉強すればこそ、優等生にもなれたのです。

／正因為平時努力用功，所以才成了優等生。

### (4) 活用語連用形こそしないが（けれども）～

用「～こそ～ないが～」連接前後兩項，表示較強的轉折。相當於中文的「雖然沒有……但……」、「雖然沒有……可是……」。

○読みこそしなかったが、話は聞いたことがあります。
／雖然沒有看過書，但是有聽過故事。

○叱りこそしなかったけれども、腹を立てたことは確かです。
／雖然沒有責罵我，但他確實是生氣了。

○山道は険しくこそないが、なかなか歩きにくいのです。
／山路雖然不險峻，但很難走。

## (5) 體言こそ動詞假定形～

它是殘留在口語的書面語用法。一般積極地提出前項事物、情況，在後項否定與其相反的事物，來加強前一項的語氣。相當於中文的「只有……」、「只能……」。

○進みこそすれ、後退することはしません。
／只有前進，決不後退。
○言い方こそ違え、その本質は同じです。
／說法不同，本質一樣。
○彼は文句こそ言え、人の言うことを聞きません。
／他只發牢騷，絲毫不聽旁人的話。

## 3 も

も和副助詞は的接續關係相同，也接在體言、副詞、接續詞或助詞下面，也接在用言、助動詞連用形下面，也表示提示。進一步分析後，有以下幾種用法：

### (1)提示兩個或兩個以上的事物，表示共存或並列。

①用「AもBも～」句式，表示AB兩者都是……。可譯為中文的「不論……還是……」、「不論……」、「既……也……」。

○男も女もよく働きます。
／不論男女都勤奮地工作。
○数学も外国語も彼は両方よくできます。
／不論數學還是外語，他都學得很好。
○暇な時には新聞も雑誌も読みます。
／空閒的時候，無論是雜誌還是報紙都看。
○山にも野にも花が咲いています。
／滿山遍野都開著花。
○この店でもあの店でも大安売りをしています。
／無論哪一家店都在大拍賣。
○東からも西からもデモする学生たちが集まってきました。
／從東西方聚集了遊行的學生。
○別に嬉しくも悲しくもありません。
／既不高興也不悲傷。

○あの程度では上手でも、下手でもなく、あたりまえでしょう。
／那種程度既不是很好，也不算很差，很一般。

②用「Aも～Bも～」句式，可譯為中文的「也……也……」、「既……也……」。

○試合も終わったし、選手たちも帰りました。
／比賽也結束了，選手們也回去了。

○雨も止んだし、風も静まりました。
／雨停了，風也停了。

○サッカーチームにも入りたいし、バスケットボールチームにも参加したいです。
／既想參加足球隊，也想參加籃球隊。

○その日雨降りもせず、風吹きもしませんでした。
／那一天既沒有下雨，也沒有颳風。

○幸いに笑われもせず、叱られもしませんでした。
／很幸運地，既沒有被人家笑話，也沒有受到責罵。

○あの話を聞いていると、おかしくもなり悲しくもなります。
／聽了那些話，既感到可笑，也感到悲哀。

○特別にきれいでもなくまた珍しくもありません。
／既不特別漂亮，也沒有什麼稀奇的。

**(2) 提示代表性事物。即提示一個有代表性的事物、情況，使人類推其他。可譯為中文的「也……」。**

○私も出掛けます。
／我也要外出。

○野球の試合も見ました。
／也看了棒球比賽。

○時々、科学講座も聞きます。
／有時也聽一聽科學講座。

○父は字も読めません。
／父親連字也不認識。

○寮でも日本語で話します。
／在宿舍也用日語講話。
○日本にいる間、北の北海道へも行きました。
／在日本的期間，也去了北方的北海道。
○金剛石よりも硬いものはありません。
／沒有比金剛石更硬的東西了。

上述句子中的も，表示所接的詞語也如何如何，言外之意，含有其他類似的情況也是如此。如：明日も雨が降るでしょう，則表示今天、昨天都是下雨的，因此如果明天也下雨，則要用も。其他句子都有類似的含意。

疑問詞（誰、何、どれ、どこ、どちら、いつ、いくつ、いくら等）下面用的も，也屬於這一用法。但它有兩種不同的情況：

**①「疑問詞も～ない」句式，可翻譯成中文的「也……」或根據前後關係適當地翻譯成中文。**

○寮(りょう)には誰(だれ)もいません。
／宿舍裡沒人。
○箱(はこ)の中(なか)には何(なに)もありません。
／箱子裡什麼也沒有。
○りんごはいくつもありません。
／沒有幾顆蘋果。
○お金(かね)はいくらもありません。
／錢沒剩多少了。
○試験(しけん)まではもう幾日(いくにち)もありません。
／距離考試沒剩幾天了。
○夏休(なつやす)みにはどこへも行(い)きません。
／暑假哪裡也不去。

**②用「疑問詞も～肯定句式」句式，可翻譯成中文的「無論……都……」或根據前後關係適當地翻譯成中文。**

○日曜日(にちようび)になると、どこも人(ひと)でいっぱいです。
／每到星期天，到哪都是滿滿的人。

○どれも皆(みんな)の努力(どりょく)の結果(けっか)です。
／無論哪一項都是大家努力的結果。

○どちらも山(やま)ばかりです。
／無論哪一面，全都是山。

○金君(きんくん)はいつも机(つくえ)に向(む)かって勉強(べんきょう)します。
／金同學總是坐在桌前用功。

○よく理解(りかい)するために、何回(なんかい)も読(よ)んでみました。
／為了要充分理解，我念了許多遍。

**(3)表示加強語氣。**

①提示一個極端事例加以敘述。**即以一種誇張的說法，講所接的詞語也如何如何。相當於中文的「連……也……」、「甚至……也……」等。**

○猿(さる)も木(き)から落(お)ちる。

／連猴子也會從樹上掉下來。（智者千慮，必有一失）

○夜(よ)も明(あ)けない前(まえ)から、起(お)きて仕事(しごと)をします。

／連天都還沒有亮，就起來工作。

○そんなことは子供(こども)にも分(わ)かります。

／那種事連小孩都明白。

**②接在數詞下面，表示強調或加以誇張。**

**1 強調數量之多。相當於中文的「……之多」。**

○雨(あめ)は五日間(いつかかん)も降(ふ)り続(つづ)いてようやく止(や)みました。

／雨下了將近五天，最後終於停了。

○家(うち)から学校(がっこう)まで歩(ある)いて四十分(よんじゅっぷん)もかかります。

／從家裡走到學校，要花上四十多分鐘。

○この背広を日本で買えば二万円もします。

／這套西裝要是在日本買，要花上兩萬日圓之多。

## 2 表示最大限度。相當於中文的「……也」。

○この学校に入ってから、一度も病気をしたことはありません。

／進入這間學校後，一次也沒有生過病。

○その日は一銭も持っていませんでした。

／那天連一分錢也沒有帶。

○安いですよ。一冊千円もしないのですから。

／便宜啊！一本不用一千日圓啊！

○この翻訳は五時間もあれば終えるでしょう。

／這份翻譯若有五個小時就可以完成吧。

○一刻も早く出発しましょう。

／盡快出發吧！

③加強否定的語氣。用「**動詞連用形**もしない」做述語，或用「**動詞連用形**もしないで（或もせず）～」做連用修飾語。**相當於中文的**「連……也不……」、「連……也沒有……」。

○声を掛けたが、彼は振り向きもしませんでした。
／我喊了他一聲，但他連頭也沒有回。
○そんなことは考えもしませんでした。
／那種事，我想都沒有想過。
○昨日熱が出て、食事もしないで（もせず）寝ていました。
／昨天發燒，連飯也沒吃就睡了。
○彼は毎日運動もせずゲームばかりしています。
／他每天也不運動，光玩遊戲。

〔參考〕

(1)有時用「(誰(だれ))もが～」做句子的主語，它是書面語殘留在口語裡的用法，與「誰(だれ)でも」的意思相同。通常多用在文章或演講裡，一般會話裡不常用。相當於中文的「誰都……」、「任何人都……」。

○誰(だれ)もが知(し)っている通(とお)り、京都(きょうと)は古(ふる)い都(みやこ)で、名所(めいしょ)や古跡(こせき)が多(おお)いです。

／正如大家所知，京都是古都，有許多名勝古蹟。

(2)有時也用「～しも」接在某些詞語下面，用來加強語氣。「しも」是由書面語助詞「し」和「も」結合而成，與「も」的意思相同，在口語裡只用在一些特殊場合。如：

○誰(だれ)しも同(おな)じことです。

／誰都一樣。

其它如：必ずしも、折しも等都形成了一個固定的詞語，不再一一分析。

## 4 さえ

接在體言、副詞、接續詞、助詞以及用言、助動詞連用形下面，接用言、助動詞連用形時，さえ是插在被連用修飾的用言之間。

**(1) 表示類推。即提示一個極端的事例，使人類推其他。可以提示主語、客語、補語，以及其他連用修飾語；與其他助詞在一起使用時，可以用が、を、へ等，重疊時一般放在格助詞下面。可翻譯成中文的「連……都……」、「甚至……」。**

○忙しくて新聞を読む暇さえありません。
／忙得連看報的時間都沒有。

○それは電気さえないような山の中です。
／那是連電也沒有的山區。

○涙さえ流して、感激しました。
／感動得甚至流出了淚來。
○知らない人からさえ激励の手紙がきました。
／甚至連陌生人都寄來了鼓勵的信。
○今回日本へ行って時間が短かかったので、東京（へ）さえ行きませんでした。
／這次到日本去，因為時間短，連東京也沒有去。
○一番仲のよかった友達とさえ喧嘩をしてしまいました。
／甚至和最要好的朋友吵起來了。

有時也以でさえ、さえも的形式出現，都與さえ的意思、用法相同，只是語氣稍強。如：

○子供でさえこれぐらいのことが分かります。
／連小孩子也懂這種小事。
○あんな難しい問題でさえ解けたから、これぐらいの問題は彼には何でもありません。
／甚至連那麼難的題他都能解開了，這種問題對他來說，不算什麼。

○エベレストは夏(なつ)でさえ雪(ゆき)が降(ふ)ります。
／聖母峰甚至連夏天都會下雪。
○科学(かがく)の進(すす)んだ今日(こんにち)さえもまだ分(わ)からないことはたくさんあります。
／甚至在科學發達的今日，有些事情還是搞不清楚。

**(2)表示唯一必要的條件，用「～さえ～ば」形式連接前後兩項，表示只要有前項這一條件，就必然會得出後項的結果。但用「さえ～ば」、「さえ」接在用言下面時，他的接續關係比較複雜。一般用：**

①**動詞連用形**さえすれば～
②**形容詞連用形**さえあれば～
③**形容動詞語幹**でさえあれば～
④**形容詞或形容動詞連用形**さえなければ～

相當於中文的「只要……就……」。

○彼さえ来れば問題はないでしょう。
／只要他來，就沒有問題了。
○あなたさえいれば、仕事は大丈夫でしょう。
／只要你在，工作就沒有問題吧。
○天気さえよければ、ハイキングに行きます。
／只要天氣好就去郊遊。
○よく寝さえすれば、風邪は治ります。
／只要好好睡一覺，感冒就會好的。
○この薬さえあれば、彼の病気を治せます。
／只要有這個藥的話，就能治好他的病！
○体が丈夫でさえあればよいのです。
／只要身體健康就好。
○温度があまり高くさえなければ、大したことはありません。
／只要溫度不太高，就沒有大問題。

有時也用「～さえ～たら～」、「～さえ～なら～」句式，表示相同的意思，相當於中文的「只要……就……」。

○君が注意さえしたら、こんなことが起きなかったのに。

／只要你有注意的話，就不會發生這種事了。

○体さえ丈夫なら、心配はありません。

／只要身體健康，就沒有什麼好擔心的。

**(3) 表示添加。這是「さえ」書面語殘留在現代日語的用法，表示在前一事項上，又添加後一事項，後項用「さえ」，來加以強調，相當於中文的「而且」、「並且」、「連」、「甚至」等。**

○日が暮れた上に、雨さえ降り出しました。

／天黑了，而且還下起了雨。

○彼は漢字はもちろん、平仮名さえも書けません。

／別說漢字，他連平假名也不會寫。

○この頃は手紙どころか、年賀状さえくれません。

／最近不用說信啊，連賀年卡也不寄來一張。

---

**〔參考〕**

すら原來是書面語副助詞，現在在口語裡也經常使用。意思、用法與さえ基本上相同。相當於中文的「連……也……」、「甚至……也……」。

○文章はおろか、自分の名前すら（○さえ）ろくに書けません。

／別說寫文章啊，連自己的名字也不太會寫。

○君ですら（○さえ）知らないことを彼は知っているはずはありません。

／連你都不知道的事情，他是不會知道的。

○君ですら（○さえ）そんなことを言うとは思いませんでした。

／我沒有想到連你也這麼說。

○今週はおろか、来週にすら（○さえ）出来上がるかどうか分かりません。

／不用說這一週啊，就是下一週也不知道能不能做完。

## 5 でも

でも接在體言、副詞下面，也接在格助詞下面，有時接在動詞、形容詞的連用形下面。

**(1) 舉出一極端的事物，使人類推其他。相當於中文的「連……也……」、「哪怕……也……」。**

○それぐらいのことは子供でも知っています。
／這種事情，連小孩都知道。

○山の中でも小学校や中学校があります。
／連山裡也有小學和國中。

○忙しくて日曜日でも遊んでいられません。
／忙得連星期天也不能玩一下。

○猫は暗いところでも見えます。
／貓連在黑暗裡，也能看得見。
○夏でも風邪を引く人がいます。
／夏天也有人感冒。
○ちょっとでもいいから、見せてください。
／一下下就好，給我看一看！
○少しでもお手伝いしましょう。
／我多少幫你點忙吧。
○今からでもいいです。
／從現在開始也可以。

有時候「いくら名詞でも～」、「どんなに名詞でも」句式，相當於中文的「即使……也……」、「無論多麼……也……」。

○いくら子供でもそれぐらいのことは分かるはずです。
／即使是小孩子，應該也會懂那種事。

○いくらお金(かね)持(も)ちでも買(か)えないものもあります。

／即使是有錢人，也有買不起的東西。

○どんなに健康(けんこう)な人(ひと)でも病気(びょうき)をすることがあります。

／無論多麼健康的人，有時候也會生病。

○どんな暑(あつ)い日(ひ)でも三十五度(さんじゅうごど)以上(いじょう)になることはありません。

／無論再怎麼熱，也不曾超過三十五度以上。

**(2)表示全面肯定。接在「何(なに)」、「誰(だれ)」、「どこ」、「いつ」等疑問詞下面，多與表示積極、肯定的述語相呼應，表示不僅特殊的事物、人物、場所等是如此，而且其他所有的一切都如何如何。相當於中文的「無論……都……」、「不管……都……」。**

○誰(だれ)でもいいからすぐ来(き)てください。

／誰都可以，請馬上過來一趟！

○こんなことは誰(だれ)でも知(し)っていることです。

／這種事大家都知道的。

○あの人(ひと)は何(なん)でもできます。

／那個人什麼都會。

○何(なん)でも好(す)きなものをお取(と)りください。

／什麼都可以，喜歡什麼請拿！

○いつでもいいから遊(あそ)びにいらっしゃい。

／什麼時候都可以，歡迎來玩！

○ほしければいくらでも持(も)っていらっしゃい。

／你要的話，要多少都可以，請拿去吧！

○東京(とうきょう)の都内(とない)なら、一人(ひとり)でどこへでも行(い)けます。

／要是東京都內的話，一個人哪都能去。

○このエレベーターは何階(なんがい)にでも止(と)まります。

／這個電梯，無論哪一層都停。

○酸素(さんそ)は何(なん)とでもよく化合(かごう)します

／氧氣無論和什麼都能化合。

有時，也用來表示全面否定。

○誰（だれ）でも分（わ）かりません。

／任誰也不明白。

○誰（だれ）でも要（い）りません。

／我誰都不要。

○いつでも家（いえ）にいません。

／無論什麼時候，都不在家。

(3) 概指某一類事物，再類推其他。言外包括同一類的其他事物，還有委婉、謙遜的語氣。述語部分多為表示勸誘、意志、推量、願望、請求等詞語。可以翻譯成中文的「之類」、「什麼的」、「或者是」等。據前後關係適當地翻譯成中文。

○コーヒーでも飲みましょう。
／喝杯咖啡什麼的吧！
○今日暇だから、映画でも見ましょう。
／今天有空，看場電影吧！
○面白い小説でも読みたいですね。
／真想看些有趣的小說啊！
○先生にでも相談してみたらどうでしょうか。
／和老師等人商量一下如何？
○電話ででも連絡させていただきます。
／讓我用電話之類的聯絡您吧。
○棚の上にでも置いてください。
／請放在櫃子之類的上面！
○公園へでも散歩に行きましょう。
／到公園之類的地方散散步吧！

○ぐずぐずして遅くでもなったら大変です。

／磨磨蹭蹭的要是遲到就糟糕了。

**(4)表示提示，即提示某一事項，表示所接詞語所表示的事項也毫不例外。基本上與「たとえ~であっても」的意思相同，相當於中文的「即使是……也……」。**

○雨天でも明日の社員旅行は行います。

／即使下雨，明天也會舉辦員工旅遊。

○今からでも遅くありません。

／即使從現在開始也不晚。

○浅いところでも一メートルもあります。

／即使是淺的地方，也有一公尺深。

○頭が痛いが、たとえ風邪でも今日は休むわけにはいきません。

／雖然頭有些痛，但即使是感冒，今天也不能請假。

○どんな好(す)きなものでも、毎日食(まいにちた)べていれば、嫌(いや)になるものです。
／無論是多喜歡吃的東西，若每天吃的話也會厭煩的。

**(5) 並列提示兩個以上的事項，一般用「AでもBでも」句式，A與B是意義近似或意義相反的詞語。表示「無論A還是B都……」。相當於中文的「無論～還是～都……」。或根據前後關係適當地翻譯成中文。**

○休(やす)みになると、公園(こうえん)でも町(まち)でも人(ひと)でいっぱいです。
／一到假日，無論公園還是街上，每個地方都是滿滿的人。

○鉛筆(えんぴつ)でもペンでも全部(ぜんぶ)なくなりました。
／無論鉛筆還是原子筆全都搞丟了。

○嘘(うそ)でも本当(ほんとう)でもあまり気(き)にしない方(ほう)がいいです。
／無論是假的還是真的，都不要在意！

值得注意的是：有時雖然也是「～でも～でも」，但不一定就是這一副助詞的用法。這要從句子的前後關係進行分析。如：

○野でも山でも一面に花が咲いています。
／滿山遍野都開著花。

這一句裡的でも，則是在格助詞で下面接も構成的助詞。

## ⑥だって

だって接在體言、副詞下面，也接在助詞下面，與でも的用法相似，但多用於平輩或晚輩之間的談話。由於它不夠鄭重，因此很少用於和長輩的談話。

**(1)舉出一個事物使人類推其他。與「でも」(1)的用法相同。相當於中文的「連……也……」、「哪怕……也……」、「即使……也……」、「甚至……也……」。**

○それぐらいのことは子供だってできます。
／那種小事，連小孩子都會。

○先生だって間違うこともあります。
／即使是老師有時也會出錯。

○日曜日だって休みません。
／連星期天也不休息。

○安いものだって、けっこう使えます。
／即使是便宜的東西，也滿好用的。

○近所の店だって売ってます。
／即使附近的商店也有賣。

○あの商社はラテンアメリカの国々とだって貿易をやっています。
／那間公司甚至和拉丁美洲的許多國家都有進行貿易。

○今からだって遅くはありません。
／即使從現在開始也不晚。

○少しだって準備しておいた方がいいです。
／稍稍準備一下也好。

(2)表示全面肯定。與「でも」(2)的用法相同。接在「何」、「誰」、「どこ」、「いつ」等疑問詞下面，多與肯定、積極的述語相呼應，表示不僅特殊的事物（包括人、場所、時間）如此，所有的事物全部如何如何。相當於中文的「無論……都……」。

○誰だって同じことです。
／無論誰都是一樣。
○果物なら何だって好きです。
／水果的話，無論什麼都喜歡。
○日本の名所ならどこだって行くつもりです。
／只要是日本的名勝，我哪兒都想去。
○あなたのご都合のいい時なら、いつだってかまいません。
／只要您方便的話，無論什麼時候都沒有關係。

有時也接在疑問詞下面，與下面的否定述語相呼應，表示全面的否定。

○二三人にも聞きましたが、誰だって分かりませんでした。

／我也問了兩三個人，可是沒人懂。

○彼はいつだって家にいません。

／他無論什麼時候都不在家。

**(3)表示並列提示。與「でも」(5)的用法相同，一般用「AだってBだって～」句式，A、B是意義近似或意義相反的詞語，表示A、B都如何如何。相當於中文的「無論……還是……都……」。可根據前後關係適當地翻譯成中文。**

○孫さんなら、英語だって日本語だってできます。

／要是孫先生的話，無論英語或日語他都會。

○二時間だって三時間だって待ちます。

／無論兩小時還是三小時都等。

○今度(こんど)の旅行(りょこう)は京都(きょうと)へだって奈良(なら)へだって行(い)くつもりです。

／這次旅行無論是京都還是奈良都要去。

## 7まで

まで有的學者認為是副助詞，有的學者認為既是副助詞，也是格助詞。本書為了便於學習，放在副助詞這一章裡來加以說明。它接在體言、助詞以及用言、助動詞連體形下面。

**(1)表示**動作、作用到達的終點。**用「**まで**」做**連用修飾語**，也可以用「**までの**」做**連體修飾語**來用，也可以用「**までだ**」做**述語一部份**來用，還可以做**主語**。**

①**表示**到達的時間**或**空間的終點。**相當於中文的「**到**」、「**到達**」、**

「到……為止」。

○夜中（よなか）まで起（お）きていました。
／一直到深夜沒有睡。
○今（いま）まではどこで生活（せいかつ）していましたか。
／到現在為止（過去）你在哪裡居住呢？
○昨日（きのう）までは休（やす）みでした。
／到昨天為止，我都在放假。
○新幹線（しんかんせん）で大阪（おおさか）まで行（い）きました。
／搭新幹線到大阪了。
○A町（まち）まではバスが通（とお）っています。
／公車行駛到Ａ城鎮。
○床（ゆか）から天井（てんじょう）までは四（よん）メートルあります。
／從地板到天花板有四公尺高。
○昨日（きのう）五十（ごじゅう）ページまで読（よ）みました。
／昨天看到了五十頁。

○参加したい人は係までお申し出下さい。
／想參加的人，到負責人那裡報名！
○夜十時までの手術。
／到晚上十點的手術。
○京都までの汽車。
／開到京都的火車。
○入学申し込みの締め切りは月末までです。
／入學報名截止日期到月底為止。
○このバスは駅までです。
／這台公車開到車站為止。
○授業は五時までです。
／課上到五點。

經常與から搭配一起來用，即用「AからBまで」，表示從A到B這一段時間、這一段空間。相當於中文的「從……到……」。

○夜の八時から十時までは自習の時間です。

／從晚上八點到十點是自習時間。

○家から学校までは三キロもあります。

／從家裡到學校有三公里遠。

まで與までに的區別：

有時用までに做連用修飾語，但用まで與までに用兩者含意不同，使用的場合不同。

**②用「まで」時後面的述語一般用表示繼續的動詞或表示存在的動詞，表示**某一動作、某一狀態一直繼續到某一時間**或**繼續到某一地點。**相當於中文的「到」。**

○昨夜十二時まで勉強していました。

／昨天晚上一直讀到十二點。

○この小さい道が山の麓まで続いています。

／這條小路一直通到山腳下。

○東京から京都まで（は）五時間しかかかりません。
／從東京到京都只需要五小時。

述語用否定形式時，無論所用的動詞是什麼動詞，都用まで。

○駅まで三十分かからないでしょう。
／到車站不用花三十分鐘吧。
○朝から昼まで何も食べませんでした。
／從早上到中午什麼都沒吃。

③「までに」是副助詞「まで」與格助詞「に」結合起來構成的詞語，「に」表示到達的某一地點或一時間。「までに」後面的述語一般用表示一瞬間完成的動詞，如：「死ぬ」、「結婚する」、「卒業する」、「着く」、「出発する」等，因而它表示在到某一時間或到某一地點以前，完成某個動作或發生了某種事情。

○来月の十日までに出発します。

／下個月十號以前出發。

○夜の八時までに着きます。

／在晚上八點以前抵達。

○京都までにどこかで降りますか。

／在到京都以前，你要在哪下車呢？

**④表示到達的程度。相當於中文的「到」，或根據前後關係適當地翻譯成中文。**

○雪子は目が赤くなるまで泣きました。

／雪子哭得兩眼發紅。

○今あの工場はいろいろな電子計器が作れるまで発展しました。

／現在那個工廠已經發展到能夠製造各種電子儀表了。

○それまで言ってあれば、大丈夫でしょう。

／都說成那樣了，沒有問題了吧。

○あれほどまで頼んでいるのに承諾してくれません。

／都已經如此拜託他了，他還不答應。

**(2) 舉出一個極端事項，暗示其他一般事項。相當於中文的「連……也……」、「甚至……」。**

○内山さんはお金が出来たようで、田畑を買い取ったばかりでなく、山まで買いました。

／内山先生好像發了財，不僅買了田，而且還買了山。

○家の中の水まで凍ってしまいました。

／甚至連家裡的水都凍成冰了。

○そんなことをすると、子供にまで笑われますよ。

／做那種事，連小孩都要笑你的。

○この頃は何をするのも嫌になって一番好きな水泳までしなくなりました。

／最近他做什麼都覺得很無趣，連最喜歡的游泳都不游了。

○あの子の親は子供のお金まで取り上げて酒を飲んでしまいました。

／那個孩子的父親甚至奪走孩子的錢拿去喝酒。

這一用法的まで與さえ相似，都可以譯為中文的「連……也……」，但兩者使用時心理出發點不同，まで表示到達的最高線，而さえ則表示到達的最低線。也就是：

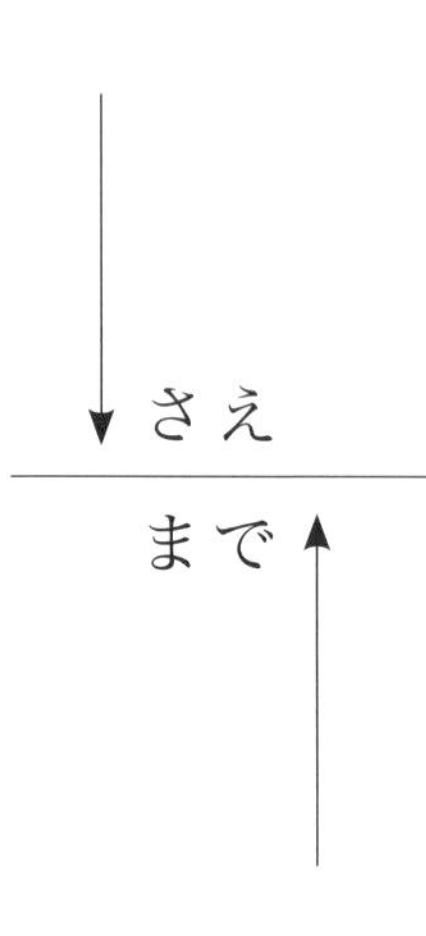


如：山まで買いました則表示不僅買了田、買了房子，買了汽車，最後達到最高點還買了山。如果用さえ，即用山さえ買いました則表示買了有用處的、收穫多的田，甚至連用處不大、沒有多大收入的山林也買下了。儘管有這樣語氣上的差別，但兩者是非常近似的。

## ●慣用型

### (1) 動詞終止形までだ／動詞否定形式終止形までだ

兩者只有肯定與否定之分，都表示自己的決心。相當於中文的「只有……（而已）」、「只得……」。

○嫌なら止めるまでです。
／你如果討厭，那只好不做了。

○やり損なえば、もう一度やり直すまでです。
／如果做壞了，那只好再做一次了。

○半分もできた以上、やり抜くまでです。
／既然都做到一半了，那只得做到最後。

○高ければ買わないまでです。
／如果貴的話，那只好不買了。

用「動詞連用形たまでだ」時，則與前者不同，它表示進行某種活動的理由。相當於中文的「只是……」、「只是……而已」。

○あなたなら分かると思ってちょっと聞いてみたまでです。

／我只是認為你也許會，所以才問你而已。

○念のために尋ねたまでです。

／只是為了以防萬一才問的。

## (2) 動詞終止形までもない

表示沒有必要如何如何。相當於中文的「沒有必要……」、「不必……」。

○駅まで歩いて十分ぐらいですから、車で行くまでもないでしょう。

／走路到車站只需要十分鐘左右，所以不必搭車去吧。

○地図を見ながら行ったら山田さんの家は探すまでもなく、すぐ分かりました。

／一面看著地圖一面前往，不用特別找就發現山田先生的家了。

常用的「言うまでもない」、「言うまでもなく」也是這一用法。如：

○子供は言うまでもなく、大人でさえも持ち上げることができません。

／不用說小孩子，就連大人也拿不起來。

## 8 だけ

だけ接在體言、副詞、助詞以及用言、助動詞連體形下面，接在體言下面時，則具有體言資格，可以用~だけが或だけ做主語；而だけを可以做客語，也可以用だけと、だけに做補語，也可以用だけの做連體修飾語，也可以用だけだ做述語。

**(1)表示限定的範圍，即限定人物、場所或限定某一數目。相當於中文的「只」、「光」、「僅僅」等，或根據前後關係適當地翻譯成中文。**

○私だけ（が）行きませんでした。

／只有我沒有去。

○頭だけが見えます。
／只看見一顆頭。
○彼はお金を使うことだけ（を）知っています。
／他只知道花銭。
○私は鉛筆だけ（を）持ってきました。
／我只拿了鉛筆來。
○チョコレートを弟だけにやりました。
／巧克力只給了弟弟。
○兄だけに相談しました。
／只和哥哥談了。
○この間日本に行った時、時間がなかったので東京だけに行った。
／上次去日本時，因為沒有時間所以只去了東京。
○この問題は君だけの問題ではありません。
／這個問題不僅僅是你的問題。
○残っているのはこれだけです。
／剩下的只有這些。

○百点を取ったのは三人だけです。

／考到一百分的只有三個人。

○三日だけ暇をもらいました。

／只請了三天假。

## (2)表示限定程度

①表示最低的限度，一般用來說明事物的最低限度或最低分量。相當於中文的「這點」、「這些」、「僅僅這些」等。

○これだけあればもう十分です。

／有了這些就足夠了。

○それだけ日本語が話せれば通訳できます。

／日語能說到這樣，就可以做翻譯了。

○これだけのことで泣くものか。

／怎麼能為了這點小事哭呢？

○これだけでいいなら、別に難しくありません。

／只要這樣就可以的話，那就不難。

○私の希望はこれだけです。

／我所希望的就只是這些。

**②表示最高的限度，即表示事物的最高或足夠的程度。一般用「～だけ」做連用修飾語；用「～だけの」做連體修飾語來用。相當於中文的「盡」、「盡量」、「盡所有（的）」，或根據前後關係適當地翻譯成中文。**

○知っているだけ全部話しました。

／我把我所知道的都講了。

○いい小説ですから、読めるだけ読んでみなさい。

／這是一本很好的小說，盡量讀讀看！

○どうぞ、お好きなだけ召し上がってください。

／請用，您喜歡吃多少就盡量吃！

○降（ふ）るだけ降（ふ）れば、いい天気（てんき）になります。
／雨下夠了，天氣就會變好了。
○あるだけのお金（かね）を使（つか）っていろいろなものを買（か）いました。
／花了所有的錢，買了許多東西。

經常用的できるだけ中的だけ，也是盡所有力量，即盡量。

○できるだけやってみましょう。
／我盡量試試看吧。
○できるだけ努力（どりょく）してみましょう。
／盡最大的努力去做吧。
○あなたのためにできるだけのことをいたします。
／為了你，我將盡力去做。

**③表示相當於某種行為、活動的程度，一般以下列幾種慣用型的形式出現。**

## 1 用言連體形だけの～

也就是用だけの做連體修飾語來用，並且多用「～だけのことはある」或「～だけのことはない」，相當於中文的「值得……」或「不值得……」。

○この小説は読むだけのことがあります。

／這本小說值得一讀。

○一生懸命勉強しただけのことがあって、今回の試験はよくできました。

／拚命用功有了成效，這次考試考得很好。

○わざわざ行ってみるだけの価値はありません。

／不值得特意去。

○時間をかけて、調べただけのことはありました。そのおかげで、いろいろなことが分かってきました。

／花時間去查是值得的。多虧如此才了解了許多事情。

## 2 體言或用言連體形だけに～

表示由於有了前項這種情況，因而出現了後一項的事實。這時前項是既成事實，根據這一事實，找出了後項的結果。相當於中文的「正因為……所以……」。

○校長先生だけに責任が重いのです。

／正因為是校長，所以責任也重。

○日曜日だけに、どこも人でいっぱいでした。

／正因為是星期天，所以到哪都是滿滿的人。

○横綱だけに負けたことはありません。

／正因為是相撲冠軍，所以未曾輸過。

○あの学校は厳しいだけに生徒たちは皆きちんとしている。

／正因為那間學校很嚴，所以學生們都規規矩矩。

○このお茶は香りがよいだけに、値段も高いです。

／這個茶葉因為味道好，所以價錢也貴。

### 3 體言或用言連體形だけあって～／體言或用言連體形だけのことはあって～

兩者意義、用法相同，都是與前項だけに的同一用法，只是表現形式不同，說話者的心理出發點不同，表示後項的出現，是由於有前項這一原因的關係。即後項已經成為既成的事實，在這一事實的基礎上，去尋找它形成的原因。相當於中文的「不愧是……」、「畢竟是……」。

○横綱(よこづな)だけあって強(つよ)いですね。
／不愧是相撲冠軍，真強。

○さすがにベテランだけあって、大(たい)した腕前(うでまえ)です。
／不愧是老將，真有本事。

○百貨店(ひゃっかてん)というだけあって、何(なん)でも揃(そろ)っていますね。
／不愧是稱作百貨公司，什麼商品都有。

○彼(かれ)は頑張(がんば)っただけあって成績(せいせき)が上(あ)がりました。
／畢竟努力過了，他的成績變好了。

○事前(じぜん)によく準備(じゅんび)しただけのことはあって、計画通(けいかくどお)りスムーズにいきました。
／畢竟事前做了充分的準備，因此才得以按計畫順利進行。

## ●慣用型

### (1)～だけではなく～

這一慣用型是用來連接前後兩項，表示不僅前項如此，後項也是如此。相當於中文的「不僅……而且」、「不僅……還……」。

○李君は日本語だけではなく、英語も勉強しています。
／李同學不僅學了日語，還有學英語。

○東京だけではなく、京都へも行きました。
／不僅去了東京，還去了京都。

○彼は卓球だけではなく、テニスも上手です。
／他不僅乒乓球打得好，網球也很厲害。

○私たちはよく勉強するだけではなく、体をもよく鍛えなければなりません。
／我們不僅要努力用功，還要好好鍛鍊身體。

## (2) 用言假定形ば同一用言連體形だけ～／用言連用形たら同一用言連體形だけ～

這一用法的だけ經常構成上述兩個慣用型來用，用它來連接前後兩項，表示隨著前項事物的變化，後項事物也相應變化。相當於中文的「……愈……愈」。

○船(ふね)は南(みなみ)へ進(すす)んで行(い)けば行(い)くだけ暑(あつ)くなります。
／船愈往南走，天愈熱。

○会話(かいわ)は練習(れんしゅう)すればするだけ上手(じょうず)になります。
／會話會愈練愈好。

○温度(おんど)が高(たか)ければ高(たか)いだけ発酵(はっこう)が進(すす)みしやすいです。
／溫度愈高愈容易發酵。

○多(おお)ければ多(おお)いだけいい。
／愈多愈好。

○長引(ながび)いたら長引(ながび)くだけこちらが不利(ふり)になります。
／時間拖得愈長，對我方愈不利。

有時將前項的「用言假定形ば」或「用言連用形たら」省略，只用「～するだけ」也表示大致相同的意思。如：

○練習(れんしゅう)しただけ上手(じょうず)になりました。

／練習多了，也就熟練了。

**〔參考〕のみ**

のみ是書面語副助詞，多用於文章裡。一般接在體言或用言連體形下面與だけ表示限定範圍的用法和含意相同。相當於中文的「只」、「只有」、「只是」、「唯有…而已」、「僅僅」等。

○海辺(うみべ)は静(しず)かで、ただ波(なみ)の音(おと)のみが聞(き)こえます。

／海邊安靜得很，只聽得見海浪的聲音。

○試験(しけん)でいい点数(てんすう)を取(と)ることのみ考(かんが)えてはよくありません。

／不能一心只想著要考好分數。

○社会的な地位からのみ人を評価してはなりません。
／不要只從社會地位來評價一個人。
○用意は全部できました。あとはただ決行するのみです。
／已經全部準備好了，只剩下進行了。
○こうなったら、ただ一生懸命やるのみです。
／事已至此，只有拚命做了。
○教育の目的は単に知識を与えることのみではありません。
／教育的目的，不單單是傳授知識。

經常構成「～のみならず～」慣用型來用，與「～だけではなく～」意思、用法相同，表示「不僅……而且……」、「不僅……還……」。

○私のみならず、彼もこの提案に賛成しています。
／不僅我，他也贊成這件提案。
○彼は失業で苦しんでいるのみならず、病気にも苦しめられている。
／他不僅為失業所苦，也受著疾病的折磨。

○大学教育の目的は専門知識の習得のみならず、人格の形成にもある。

／大學教育的目的，不僅限於傳授專門知識，還要培養一個人的人格。

## 9 しか

しか接在體言、副詞、助詞下面，有時也接在動詞、助動詞連體形、形容詞、形容動詞連用形下面，與否定述語相呼應，構成「～しか～ない～」句式，表示突出地提出某一事項，而否定其他的一切。相當於中文的「只有、僅有」。

○あの工場は簡単な設備しかありません。

／那個工廠只有簡單的設備。

○野村さんは日本の切手しか持っていません。

／野村先生只有日本的郵票。

○私は会話しか習いませんでしたから、日本の小説が読めません。

／我只學了會話，所以看不懂日本的小說。

○今日は五百円しかないから、映画を見に行くことができません。

／今天我只有五百日圓，不能去看電影。

○郵便局は五時までしか開いていません。

／郵局只營業到五點。

○私は東京へしか行ったことはありません。

／我只去過東京。

○昨日は三時間しか寝ませんでした。

／昨天只睡了三個小時。

○そんなことは嘘だとしか思われません。

／那種事情只會被認為是假的。

○そうした考え方は幻想でしかありません。

／那種想法，只是一種幻想罷了。

上述句子將述語改成肯定形式時可以用だけ，但だけ與しか～ない在語氣上還是稍有不同的。だけ只是一般的敘述，而しか～ない則含有出乎意料的意思。如：

○私だけ行きました。

／只有我去了。

○私しか行きませんでした。

／只有我去了。（除了我以外沒人去。）

上述句子雖然翻譯成中文都是只有我去了，但用だけ只是敘述「只有我去了」這一事實，而用しか～ない時，則是說話者認為還會有一些人和自己一塊去的，但出乎意料地，「只有我一個人去了」。下面的句子也都有這種含意。

○私は六十点しか取れませんでした。

／我只得了六十分。

○今持っている金はこれしかありません。

／我現在身上的錢只有這一些。

だけ與しか有時重疊使用，構成「～だけしか～ない」句式，用以加強しか～ない的語氣。相當於中文的「只有……」。

○満点(まんてん)を取(と)ったのは一人(ひとり)だけしかいませんでした。

／得了滿分的只有一個人。

○私(わたし)はお酒(さけ)を一杯(いっぱい)だけしか飲(の)みませんでした。

／我只喝了一杯酒。

值得注意的是：しか與否定述語相呼應表示肯定的意思，因此它只能構成具有肯定意思的句子，不能構成否定意思的句子，但許多日語學習者常常會搞錯，因此必須充分注意。如下列句子都是錯誤的，這樣的句子一般要用だけ來表現。

×王(おう)さんしか遠足(えんそく)に行(い)きませんでした。↓○王(おう)さんだけ遠足(えんそく)に行(い)きませんでした。

／只有小王沒有去郊遊。

×第五問(だいごもん)しか答(こた)えられませんでした。↓○第五問(だいごもん)だけ答(こた)えられませんでした。

／只有第五題沒有答出。

●慣用型

**動詞連體形**しか～ない／**動詞連體形**よりしか～ない

兩者意思、用法基本相同，都表示只有這麼一種辦法。相當於中文的「只有……」、「只能……」。

○バスも電車（でんしゃ）も通（とお）っていないところだから、歩（ある）いて行（い）く（より）しかありません。

／那是既沒有公車，也沒有電車的地方，因此只能走過去。

○今売（いまう）っていない古（ふる）い本（ほん）だから、図書館（としょかん）から借（か）りてきて読（よ）むよりしかありません。

／那是一本絕版的舊書，因此只能從圖書館借來看。

## ⑩ばかり

ばかり接在體言、副詞、助詞以及用言、助動詞的連體形下面，它與所接的詞語結合起來以後則具有體言資格，除了做連用修飾語以外，可以後續の做連體修飾語，也可以做主語用，還可以做敘述的一部分。

**(1)表示大概的數量或程度，接在數詞或部分副詞下面，它是客觀的敘述，既不強調多，也不強調少。相當於中文的「大概」、「大約」、「上下」「左右」、「前後」、「多」。**

○二年ばかりフランス語を習いましたけれど、もう忘れてしまいました。
／雖然學過兩年多的法語，但現在已經忘了。
○この前五日間ばかり学校を休みました。
／前些天，我向學校請假休息了五天。
○一時間ばかり駅前で待っていました。
／我在車站前等了一個多小時。
○一緒に来たのは三十歳ばかりの人です。
／一起來的人，是位三十多歲的人。
○売上の一割ばかりが利益です。
／銷售額的一成左右是利潤。

○野村(のむら)さんは二百万円(にひゃくまんえん)ばかりを使(つか)ってその絵(え)を買(か)いました。
／野村先生花了兩百多萬日圓買了那幅畫。
○今手元(いまてもと)にある金(かね)は二万円(にまんえん)ばかりです。
／現在手頭上，有兩萬多日圓。
○少(すこ)しばかり聞(き)きたいことがあります。
／我有點事想要問你。
○いけないところがちょっとばかりあります。
／稍有一些不夠好的地方。
○そればかりの知識(ちしき)で何(なに)も誇(ほこ)ることはありません。
／就那點知識，是不值得自豪的。

由於它沒有強調少的意思，因此一杯(いっぱい)ばかり、一日(いちにち)ばかり等是不說的，這時多用一杯(いっぱい)ぐらい、一日(いちにち)ぐらい等。如：

○いくら飲(の)めないと言(い)っても一杯(いっぱい)ぐらい（×一杯(いっぱい)ばかり）は飲(の)めるでしょう。
／雖說不能喝酒，但至少也能喝一杯吧。

## (2)表示事物的範圍或界限。相當於中文的「老」、「只」、「淨」。

○雨ばかり降っては大水になります。
／若是光下雨，就要漲大水了。

○暇さえあれば机にばかりかじりつきます。
／一有空，他就坐在桌前用功。

○顔は真っ黒に焼けて目ばかり光っています。
／臉讓太陽曬得黑黑的，只有眼睛閃閃發亮。

○この子はテレビばかり見たがります。
／這個孩子光想看電視。

○うちに帰ると、小説ばかり読みます。
／只要一回到家裡，就淨看小說。

○彼は自分が偉いとばかり思い込んでいます。
／他老是認為自己很了不起。

○そんなに遊んでばかりいないで、少し勉強しなさい。
／不要光顧著玩，多少也用點功！

○食べてばかりいて運動しないと、胃がもたれますよ。
／光吃不運動，胃會消化不良的。
○あの人は痩せて骨と皮ばかりです。
／那個人瘦得只剩下皮包骨了。
○今回の試験は読ませるばかりで書かせはしません。
／這次考試只讓讀，不讓寫。

它可以構成「～ばかりでなく」句式，與「～だけではない」意思、用法相同，表示話題的事物已超出了前項的範圍，還包括後項內容。相當於中文的「不僅……而且」、「不但……而且」。

○彼は科学者であるばかりでなく、また詩人でもある。
／他不但是位科學家，還是位詩人。
○新しい機械を使ってから、時間も節約できたばかりでなく、生産高もずっと上がりました。
／使用新機器後，不僅節約了時間，而且也大幅地提高了產量。

○水がなくては、人間が生きられないばかりでなく、一切の生物も生存できません。
／如果沒有水的話，不但人活不下去，而且所有的生物也不能生存。

也可以用「～ばかりか～」表示相同的意思。如：

○日本語ばかりか、英語も中国語も話せます。
／不但會說日文，還會說英文跟中文。

**(3) 表示原因。一般用「～たばかりに～」連接前後兩項，表示前項這一原因，產生了後項的消極惡化的結果。相當於中文的「正因為……所以……」、「因為……才……」、「只因為……」。**

○薄着をしたばかりに風邪を引いてしまいました。
／因為穿太少，所以感冒了。

○ちょっと油断したばかりに、ひどい目にあいました。
／因為一時疏忽，就吃了苦頭。

○やたらに薬を飲んだばかりに胃を悪くしてしまいました。

／因為胡亂吃藥，所以把胃搞壞了。

○昨日、あの本の発売日でしたが、お金が足りなかったばかりに、買い損ないました。

／昨天是那本書的發行日，但因為我錢不夠，所以沒有買到。

○風邪を引いたばかりに、試合に出ることができませんでした。

／因為我感冒了，所以才不能參加比賽。

**(4)表示動作完了不久。一般用「～たばかり」形式，可以用「～たばかりだ」做述語，也可以用「～たばかりの」做連體修飾語。相當於中文的「剛……」。**

○今家に帰ったばかりです。

／剛回到家裡。

○これは今出来たばかりです。

／這個剛剛做好。

○これは買ったばかりの靴です。

／這是剛買的鞋子。

○彼は習ったばかりの単語で先生の質問に答えました。

／他用剛剛學到的單字，回答了老師的問題。

**(5)表示唯一的趨勢。一般用「動詞連體形ばかり(だ)」句式，但所接的動詞多是表示趨向的動詞，表示唯一發展的趨勢。相當於中文的「一直」、「一個勁地」、「愈來愈」等。**

○病状は悪化するばかりです。

／病情愈來愈惡化。

○近頃物価が上がるばかりです。

／最近物價一直上漲。

○雨が激しくなるばかりで、ちっとも止みそうもありません。

／雨愈來愈大了，看起來不像會停。

## (6)表示某種事物的程度或狀態。多用「動詞連體形ばかりです」、「動詞連體形ばかりになる」句式。相當於中文的「即將」、「就要」。

○今(いま)にも火事(かじ)になるばかりでした。
／眼看就要發生火災了。

○準備(じゅんび)が終(お)わってもう出発(しゅっぱつ)するばかりになっています。
／準備好了，就要出發了。

○もう卒業(そつぎょう)するばかりになっています。
／即將畢業了。

○すっかり荷造(にづく)りをして運(はこ)び出(だ)すばかりになっています。
／都包裝好了，就要運走了。

○品物(しなもの)は売(う)り切(き)れるばかりになっています。
／東西就要賣光了。

有時也用「動詞未然形んばかり～」，表示相同的意思，但都用於比喻方面。也相當於中文的「即將」、「就要」，或根據前後關係適當地翻譯成中文。

○敵艦は沈まんばかりでした。

／敵艦就要沉沒了。

○講堂が割れんばかりの拍手が響き渡りました。

／禮堂響起了熱烈的掌聲。

○村人は飛び上がらんばかりに喜びました。

／村裡的人們高興得就要跳了起來。

○今にも泣き出さんばかりの顔で頼み込みました。

／他再三懇求，幾乎都快要哭出來了。

## ●慣用型

### (1)小句子と言わんばかりに～／小句子と言わんばかりの～

兩者意思相同，只是前者做連用修飾語用，後者做連體修飾語用。含有雖未說出，但卻已表現出來的意思。可翻譯成中文的「滿臉露出……」、「幾乎……」；或根據前後關係適當地翻譯成中文。

○彼は出ていけと言わんばかりに恭三を虐待しました。

／他虐待恭三，幾乎要把他趕出家門。

○よくやってのけたと言わんばかりに拍手しました。

／大家拚命地鼓掌，在鼓勵他做得好。

○大きなお世話だと言わんばかりの顔をしました。

／他擺出了一副不要你管的臉孔。

## (2) 名詞或小句子とばかり（に）～

一般做連用修飾語來用，表示主語的決心。相當於中文的「心想」、「心中暗想」、「認為」，或根據前後關係適當地翻譯成中文。

○試験が始まる前日、私たちは最後の日だとばかり全力を尽くして総復習をやりました。

／在考試的前一天，我們心想著這是最後衝刺，拚盡全力進行總複習。

○李君は待っていたとばかりに自分の意見を発表しました。

／李同學等到時機發表了自己的意見。

○村中に聞こえよとばかりに叫び続けました。
／他不停地喊叫，簡直讓全村都聽得見。

## (3)副詞とばかり～

加強所接副詞的語氣。可根據前後關係適當地翻譯成中文。

○どおっとばかり倒れました。
／噗通一聲倒下了。

○群衆がわっとばかり押し寄せてきました。
／群眾嘩啦地一下子湧了上來。

○あっとばかり飛び上がりました。
／嚇得啊地一聲跳了起來。

## 11 ほど

ほど與其他副詞不同，不能接很多的詞語，一般只接在體言、用言、少數助動詞（如ない、たい等）連體形下面。

## (1)表示大概的數量、程度。

**①多接在數詞或事物代名詞下面，與「ばかり」、「ぐらい」的用法大致相同，表示大致的數量，但多用來表示較多的數量，而不用於較少的數量。相當於中文的「大概」、「大約」、「左右」、「上下」、「前後」、「……多」等。**

○みかんを十キロほど買ってきました。
／我買來了十公斤多的橘子。
○十分ほどお待ちください。
／請等十分鐘左右。
○この学校には学生が二千人ほどもいます。
／這所學校大約有兩千多人的學生。
○私は五キロほど体重が増えました。
／我體重增加了五公斤左右。

○この宿題をやるのに、これほど時間がかかるとは思いませんでした。

／我沒有想過寫這個作業，要用這麼多的時間。

○私はこれほどのお金を持ったことはありません。

／我從未有過這麼多的錢。

○月に収入はどれほどですか。

／每月收入大約是多少？

由於不能用來表示較少的數量，因此下面含有較少意義的句子是不適合的，一般要用ぐらい。

×いくら飲めないと言っても一杯ほどは飲めるでしょう。

○いくら飲めないと言っても一杯ぐらいは飲めるでしょう。

／雖說不能喝酒，但至少也能喝一杯吧。

②**表示**某種狀態達到的程度。**相當於中文的**「像……那麼」、「甚至……」、「幾乎到了……」、「……得……」。

○足が痛くなるほど歩きました。

／走到兩腳發痛。

○手紙を読んで飛び上がるほど喜びました。

／看了信，高興得跳了起來。

○自分でも不思議なほど急に元気が出てきました。

／連自己都覺得奇怪，突然有了精神。

○分子は目で見えないほど小さいものです。

／分子是小到肉眼看不到的東西。

○口で言えないほど美しい。

／美麗得難以形容。

○新聞が読めないほど暗くなりました。

／暗到幾乎都不能看報紙了。

○猫の手を借りたいほど忙しく仕事をしています。

／工作忙得喘不過氣來。

這一用法，有時構成「～ほどのことはない」、「～ほどのことではない」、

「～ほどでもない」等慣用語來用，表示沒有達到那種程度。相當於中文的「不像……那樣」、「沒有……那樣……」，或根據前後關係適當地翻譯成中文。

○病気と言ってもあなたが心配したほどのことはないです。

／雖然說生病了，但似乎不像你擔心的那麼嚴重。

○彼の病気は入院するほどでもありません。

／他的病沒有嚴重到需要住院的程度。

**③兩者相比時，表示**兩者具有同等的程度。**相當於中文的**「像……」、「如同……」。

○市場には野菜が山ほどあります。

／市場中，菜多得跟山一樣高。

○雪ほど白い砂糖。

／如雪一樣白的糖。

○お碗ほどもある雹が降ったそうです。

／聽說下了有碗一般大的冰雹。

○親の恩は山ほど高く、海ほど深いです。

／父母的恩情如山高、似海深。

④**表示**比較的最高級。**一般接在**體言**下面，與**否定述語**相呼應，構成**「～ほど～ない」**句式。用於積極方面，表示所接的體言是最棒的、最好的。相當於中文的**「沒有比……更……」、「沒有像……那麼……」。

○世界ではエベレストほど高い山はありません。

／在世界上沒有比聖母峰更高的山了。

○朝ほど気持ちのいい時はありません。

／沒有比早上更舒適的時候了。

○彼ほどカラオケの好きな人はいません。

／沒有人比他更喜歡唱卡拉OK的了。

○今年の夏ほど暑い夏はありません。

／沒有比今年夏天更熱的夏天了。

○重工業にとって鋼鉄ほど重要なものはありません。

／對於重工業來說，沒有比鋼鐵更重要的東西了。

**(2)表示所形成的比例。一般構成「用言假定形ば同一用言連體形ほど～」句式來用，與「～ば～だけ」句式意思、用法大致相同。相當於中文的「愈……愈……」。**

○読めば読むほど面白くなります。

／愈讀愈有意思。

○考えれば考えるほど不思議になります。

／愈想愈奇怪。

○南へ行けば行くほど暑くなります。

／愈往南走，天愈熱。

○速ければ速いほどいいです。

／愈快愈好。

○値段が高ければ高いほど品がよくなるはずです。

／價錢愈貴，商品應該愈好。

○会話は練習すれば（練習）するほど上手になります。

／會話愈練愈好。

○勉強すれば（勉強）するほど成績が上がります。

／愈用功成績愈好。

有時候前面的ば省略，只用後面的～ほど，也表示相同的意思。

○長引くほどこちらが不利になります。

／時間拖得愈長，對我們愈不利。

○農工業の発展が速いほどいいです。

／農工業的發展愈快愈好。

## ⑫ぐらい（くらい）

ぐらい有時也用くらい，兩者意思、用法相同，都接在體言、副詞或用言、助動詞連體形下面。

**(1)表示大概的數量或程度。與「ばかり」(1)「ほど」(1)的用法大致相同。相當於中文的「大概」、「大約」、「左右」、「前後」、「……多」。**

○会談は三時間ぐらい続きました。
／會談持續了三個多小時。

○家から学校まで一キロぐらいあります。
／從家到學校約有一公里左右。

○日本語は二年ぐらい習いました。
／日語學了兩年多。

○来た人は三十歳ぐらいの男です。
／來的人是一位三十多歲的男人。

○一時間に二三ページぐらい読めるでしょう。

／一小時大概能看兩三頁吧！

○お酒は一杯ぐらい飲めます。

／酒能喝一杯左右。

○いくらぐらいでテレビが買えますか。

／買電視機要花多少錢？

○最高速度はどれぐらいですか。

／最高時速是多少？

**(2)表示程度。**

**①表示狀態到達的程度。多接在用言、助動詞連體形下面，表示所修飾的用言（多表示狀態）達到的程度。相當於中文的「差不多」、「幾乎」，或根據前後關係適當地翻譯成中文。**

○この問題は小学生でもできるぐらいやさしいです。
／這個問題很簡單，連小學生都會。

○ものも言えないぐらい嬉しかったのです。
／高興得連話都說不出來了。

○学識と言い、能力と言い、彼女は先生に負けないぐらい優れています。
／她無論是學識還是能力，都不亞於老師，相當的出色。

○車が一台通れるぐらい狭い道でした。
／那是一條很窄的道路，幾乎只能讓一輛轎車通過。

**②表示兩者程度相等。一般用於兩者的比較。可翻譯成中文的「像」、「如同」、「那麼」。**

○マンゴは果物で、リンゴぐらいの大きさです。
／芒果是一種水果，和蘋果差不多大。

○私もあなたぐらい、日本語ができるといいですね。
／我要是像你一樣會日語就好了！

○その大きさはちょうど子牛ぐらいもありました。
／那個大小如同小牛一樣。
○富士山はこの山と比べものにならないぐらい美しいです。
／富士山很美，這座山簡直不能比。
○昨年ぐらい早く梅雨が始まるかもしれません。
／說不定梅雨像去年一樣來得早。

**③表示最低的程度。舉出所接的詞語為簡單的、輕微的事物來加以敘述。相當於中文的「像……什麼」、「一點點的」。或根據前後關係適當地翻譯成中文。**

○簡単な会話ぐらいはできます。
／如果是簡單的會話，我還會說。
○メガネをかけて新聞ぐらい読めるでしょう。
／戴上眼鏡，還可以看報吧。

○市場ぐらい一人で行けます。

／市場什麼的我一個人也能去。

○これぐらいは僕にでも分かります。

／這點小事，我也懂。

**④表示**最高的程度。**一般述語用否定形式，構成「**～ぐらい～（もの）はない**」句式，與「**それが一番～だ**」的意思相同。表示某種事物屬於最好或最壞，沒有與之相比的東西。通常可以與「**～ほど～ない**」互換使用。相當於中文的「**沒有比……更……**」、「**沒有像……那麼……**」，或適當翻譯。**

○今日ぐらい忙しい日はありません。

／沒有比今天更忙的了。

○コンピューターぐらい複雑なものはないでしょう。

／沒有比電腦更複雜的東西了吧。

○日本では富士山ぐらい美しい山はありません。
／在日本沒有比富士山更美麗的山了。
○一年中で秋ぐらい空のきれいな時はありません。
／在一年之中秋天的天空是最晴朗的了。
○李さんぐらい親切な人はあまりいないでしょう。
／不大有像李先生一樣親切的人吧。
○日本料理の中で刺身ぐらいおいしいものはありません。
／在日本料理裡，沒有比生魚片更好吃的了。

## ●慣用型

### (1) 動詞連體形ぐらいなら～方がいい／動詞連體形ぐらいなら～方がましだ

兩者意思、用法相同，都表示選擇，即表示與其處於前項的情況、進行前項的活動，不如選擇後項更好。相當於中文的「與其……不如……」、「與其……寧可……」。

○途中でやめるぐらいなら、始めからやらない方がいいです。

／與其半途而廢，不如從一開始就不做的好。

○すごい雨ですから、映画へ行くぐらいなら、家でテレビを見た方がいいです。

／下這麼大的雨，與其出外去看電影，不如在家裡看電視的好。

○降参するぐらいなら、死んだ方がましです。

／與其投降，毋寧一死。

○あんなつまらないテレビを見る時間があるぐらいなら、むしろ勉強した方がましです。

／與其看那個無聊的電視，不如讀書的好。

## (2) せめて～ぐらい～

表示最低限度的願望或要求。相當於中文的「至少……也……」、「最低……也……」。

○日本語を習うには、せめて新聞ぐらい読めるようになりたいです。

／既然學了日語，我希望至少能學到看得懂報紙的程度。

○いくら忙しくても、せめて葉書一枚ぐらい書いてもらいたいです。
／不管你多麼忙，也希望你至少寫一張明信片給我。

## ⑬など

など接在體言、副詞以及用言、助動詞的終止形下面，有時也接在連用形下面（這時是插在被接續的活用語中間），與其他格助詞的關係是：能代替が、を，也可以用などが、などを，其它格助詞則多用「など格助詞」，有時用「格助詞など」。

**(1)表示概括。多用「～や～や～など」的句式，概括並列的幾個事物。相當於中文的「等」。**

○閲覧室には日本の新聞や雑誌などがあります。
／閲覽室裡有日文報紙或雜誌等。
○先月、京都や奈良などへ行って見学をしました。
／上個月，到京都、奈良等地參觀。

○彼は英語やフランス語など話すことができます。

／他會說英語、法語等國語言。

○台湾人の主食は米や麦などです。

／台灣人的主食是米、小麥等。

○授業は日本語のほかに、国語や数学や物理や化学などがあります。

／課程除了日語以外，還有國語、數學、物理、化學等。

**(2)表示列舉。即舉出一件事物以暗示其他。相當於中文的「……之類」、「……什麼的」。**

○もうバスなどはありません。

／已經沒有公車什麼的。

○その辺には小さい工場などがたくさんあります。

／那一帶有許多小工廠之類的廠家。

○毎日忙しくて本など読む暇はありません。

／每天忙得沒有看書之類的時間。

○酒など飲みませんか。
／要喝點酒之類的嗎？
○映画など見に行きませんか。
／要不要去看看電影什麼的？
○家が貧しかったので、小遣いがほしいなどと思ったことはありません。
／因為家裡窮，所以也沒有想過要點零用錢什麼的。
○あまり急ぎなどしないでください。
／不要過於著急！
○遅くなどなるといけません。
／如果遲到了就不好了。

**(3)表示輕視或自謙。以含有微不足道的語氣來提示某人、某一事物，句子的述語多是否定形式。這時常把「など」說成「なんか」、「なんぞ」等，意思相同。相當於中文的「這樣的」、「這類的」。**

○こんなくだらない本(ほん)など（なんか）を読(よ)まないでよ。

／不要看這麼無聊的書！

○私(わたし)のことなど（なんか）を心配(しんぱい)なさらないでください。

／請不要為我這種人擔心。

○彼(かれ)のことなど（なんか）眼中(がんちゅう)にありません。

／沒把他這種人放在眼裡。

○とても君(きみ)など（なんか）がしゃべるところではありません。

／這並不是像你這種人能說嘴的場合。

○そんなことなど（なんか）私(わたし)にはできません。

／那種事，我做不來。

**〔參考〕なんか、なんぞ、なぞ**

なんか、なんぞ、なぞ也都是副助詞，都與など的意思相同。只是など比較鄭重，而なんか、なんぞ、なぞ比較隨便、粗俗，因此它們多用在日常生活的會話裡。

也有下面三種用法：

**(1)表示概括。**

○僕は歌や踊りなんか（なんぞ、なぞ）にあまり興味はありません。

／我對什麼歌曲啊、舞蹈啊，沒有多大興趣。

○神戸や大阪なんぞ（なんか、なぞ）へ行きたくありません。

／我不想去什麼神戸、大阪之類的地方。

**(2)表示列舉。**

○おでんなんか（なんぞ、なぞ）食べたくありません。

／我不想吃關東煮之類的東西。

○つまらない雑誌なんぞ（なんか、なぞ）買いません。

／我不買什麼無聊的雜誌。

**(3) 表示輕視與自謙。**

○とても君(きみ)なんか（なんぞ、なぞ）がしゃべるところではありません。

／這並不是像你這種人能說嘴的場合。

○私(わたし)なんぞ（なんか、なぞ）に構(か)まわないでください。

／請不必在乎我。

## 14 か

か有的學者將它分為副助詞和並列助詞，而本書作為副助詞，將副助詞的用法和並列助詞的用法在一節內說明。か接在體言、副詞、助詞以及用言、助動詞的終止形下面。

**(1) 表示不大肯定。一般接在疑問句，如：「誰(だれ)」、「何(なに)」、「どこ」、「いつ」、「何年(なんねん)」等下面，表示不十分肯定的人、事物、時間、地點、數量等。如：「何(なに)かあります」則表示有某種東西，但究竟是什麼東西則不大**

**清楚，不能肯定說出某種東西。**

○何(なに)か冷(つめ)たいものが飲(の)みたいです。

／想喝點什麼冷飲。

○ベルが鳴(な)りましたから、誰(だれ)か来(き)たらしいです。

／門鈴響了，好像有人來了。

○この箱(はこ)の中(なか)には何(なに)か入(はい)っています。

／這個箱子裡，裝著什麼東西。

○彼(かれ)はどこかへ行(い)きました。

／他去某個地方了。

○何(なに)か面白(おもしろ)い本(ほん)があったら貸(か)してください。

／如果有什麼有趣的書，請借我看一看！

○それから何年(なんねん)か過(す)ぎました。

／自那以後，過了幾年。

○どこかでお茶を飲みましょう。

／去哪喝杯茶吧！

○何回か電話を掛けましたが、いつも留守でした。

／打了幾次電話，但都不在家。

○おじいさんに会うのも何年かぶりです。

／見到爺爺也已經隔了幾年。

か與其他格助詞的關係，一般可以代替が、を，也可以在下面再接が、を，而與其他格助詞重疊時，其他格助詞多接在か下面。如：

○誰か（が）いるでしょう。

／有人在吧！

○君は何か（を）食べたでしょう。

／你吃了什麼東西吧。

○彼は何か（の）冷たい飲み物を買ってきました。

／他買了些冷飲來。

○その本を誰かに送りました。
／把那本書送給某人了。
○何かに役立つでしょう。
／會有些用處的。

對這一用法，我國的日語學習者往往搞不清楚，因此常將下面的句子混淆起來，實際上兩者是不同的。如：

○どこへ出掛けますか。
／你要去哪裡？
○どこかへ出掛けますか。
／你要出去嗎？

前一句是問你到什麼地方去？問話的人要知道的是到什麼地方，要求具體回答某一個地方，如銀座、新宿等；而後面一個句子是問你要外出嗎？至於到什麼地方，則不是問話的人要知道的。

另外，也常會有人分不清楚疑問詞下面用か與用も的區別，用か表示不大肯定，而用も則表示數目之多。如：

○何年(なんねん)か過(す)ぎました。
／過了幾年。

○何年(なんねん)も過(す)ぎました。
／過了許多年。

前一句表示過了幾年，即不敢肯定說是三年還是五年，總之過了一些年；而後面則表示過了幾年之久，即過了許多年而不是短短幾個月或一年。

**(2)表示帶有懷疑語氣的推斷。它和前一項不同，前項的「か」接在疑問詞下面，而這一用法的「か」接在多數文節（不包括含有疑問詞的文節）下面。相當於中文的「也許是……」、「說不定是……」、「或者由於……」，或根據前後關係適當地翻譯成中文。**

○川端龍子とかいう画家をご存知ですか。

／你知道一位好像叫川端龍子的畫家嗎？

○天気予報によると、明日は雨になるとかいう話です。

／據氣象預報稱：明天有雨。

○時間が早すぎたのか、会場にはまだ誰も来ていません。

／也許是時間過早，會場裡還沒有人來。

○王さんは試験がよくできなかったのか、元気のない顔をしています。

／王同學也許因為沒有考好，看起來一點精神也沒有。

○風邪を引いたためか、頭が少し重いです。

／也許是因為感冒了，頭有點沉。

○暑さのせいか、今日は全然食欲はありません。

／也許是因為天氣熱，今天一點食慾也沒有。

**(3)表示並列選擇。一般用「～か～か～」句式，表示從並列的幾個事物中，選擇其中之一。相當於中文的「或者」、「還是」、「不是……就是」。**

○王さんか李さんかが来るでしょう。

／王先生或者李先生會來吧。

○原稿はペンか万年筆かでお書きなさい。

／原稿請用原子筆或鋼筆寫。

○孫さんは教室か図書館かにいるはずです。

／孫先生應該不是在教室，就是在圖書館裡。

○本当か嘘か今のところまだ分かりません。

／是真是假，現在還說不清楚。

○明日は天気がいいか悪いかまだ分かりません。

／明天天氣是好是壞，還不知道。

○賛成か反対かはっきり答えなさい。

／請你清楚地回答，是贊成還是反對。

か所接的不是相反的兩個體言時，後一個體言下面的か，可以省略。如：

○李さんか呉さんが教室にいるでしょう。

／李先生或呉先生在教室吧。

○今日か明日のうちに帰ってくるそうです。

／據說今天或明天回來。

○明日は曇りか小雨だそうです。

／據說明天不是陰天就是下小雨。

## ●慣用型

### (1)體言或用言終止形かどうか～

相當於中文的「是……還是……」。

○学校は明日休みかどうかまだ分かりません。

／還不知道學校明天放不放假。

○行けるかどうかあとで電話でお知らせいたします。

／稍後我用電話通知你我能不能去。

○買うかどうか自分で決めなさい。
／要不要買，請你自己決定。
○心臓が悪いかどうか一応検査しないと分かりません。
／心臟有沒有毛病，不檢查一下是不知道的。

## (2) 體言か疑問詞か～

如用「體言か何か～」、「體言か誰か～」、「體言かどうか～」等，表示不明確說出某人、某一事物、或某一場所。可以譯為「什麼的」、「……或……」。

○ビールか何か飲みましょう。
／喝點啤酒什麼的吧。
○孫さんか誰かが行くそうです。
／聽說孫先生或者某人會去。
○新宿かどこかへ行きましょう。
／到新宿或到哪裡去吧。

## ⑮とか

とか接在體言及用言、助動詞的終止形下面。

**(1)表示並列。用「～とか～とか～」句式，並列兩個或兩個以上的事物、動作、作用等。相當於中文的「……啦……啦」、「和」。**

○夏(なつ)になると、サイダーとかジュースとかがよく売(う)れます。

／一到夏天，汽水啦、果汁啦，就賣得很好。

○銀座(ぎんざ)とか新宿(しんじゅく)とかがいずれも東京(とうきょう)の賑(にぎ)やかなところです。

／銀座和新宿都是東京的熱鬧街道。

○水泳(すいえい)に行(い)くとか山登(やまのぼ)りをするとかして夏休(なつやす)みを過(す)ごします。

／暑假通常都去游泳或登山。

○健康(けんこう)のために、散歩(さんぽ)するとか体操(たいそう)するとかしてください。

／為了身體健康，請散散步或做做體操。

最後一個とか可以省略，而後續など。

○秋葉原（あきはばら）の商店（しょうてん）はほとんどパソコンとかテレビなどを売（う）る店（みせ）です。

／秋葉原的商店幾乎都是賣電腦和電視機的店。

## (2) 並列相反的詞語。用「～とか～とか（言（い）う）」的句式並列意義相反的詞語，含有搞不清楚哪一方的語義。相當於中文的「有的說……有的說……」。

○その商品（しょうひん）についてはいいとか、悪（わる）いとか、皆違（みんなちが）ったことを言（い）っています。

／關於那種商品，有人說好，有人說壞，眾說紛紜。

○試験（しけん）があるとかないとか言（い）って学生（がくせい）たちは教室（きょうしつ）で騒（さわ）いでいます。

／有人說有考試，有人說沒有考試，學生們在教室裡吵鬧著。

有時也用「～とか～とか言（い）う」並列兩個類似的詞語，做連用修飾語用。相當於中文的「……之類的」、「……這樣的」，或根據前後關係適當地翻譯成中文。

○「おはよう」とか「ただいま」とか言うのは挨拶の言葉です。

／「早安！」「我回來了！」之類的話都是寒暄用語。

○図書館には辞書とか百科辞典とか言うような本がたくさんあります。

／圖書館裡有許多像是字典、百科全書之類的書。

## 16 や

表示並列。主要接在體言以及形式體言の等下面，用「體言や體言～」句式，相當於中文的「啦……啦」，或單純並列不翻譯出來。

○その箱には鉛筆や消しゴムなどが入っています。

／那個盒子裡，裝著鉛筆和橡皮擦。

○庭いっぱいにバラやチューリップや菊などが植えてあります。

／院子裡種滿了薔薇啦、鬱金香啦、菊花等等。

○私たちは日本語のほかに、歴史や地理なども習っています。

／我們除了日語以外，也學習歷史啦、地理啦。

○これは千円（せんえん）や二千円（にせんえん）で買（か）えるものではありません。
／這不是用一兩千日圓就可以買到的。
○あの自動車（じどうしゃ）は汽車（きしゃ）や電車（でんしゃ）よりはずっと速（はや）いです。
／那輛汽車比火車、電車快得多。
○これは昨日（きのう）や今日（きょう）に始（はじ）まったことではありません。
／這不是這一、兩天才有的。

有的時候接在動詞終止形下面，表示相同的意思。可根據前後關係適當地翻譯成中文。

○読（よ）むや書（か）くやで暇（ひま）がありません。
／又讀又寫的都沒有空。
○貧乏（びんぼう）で食（く）うや食（く）わずだ。
／窮得有一餐，沒一餐的。

格助詞と、に也可以用來表示並列，但基本含意和用法稍有不同：

①從意思上來看，「と」表示單純的並列，相當於中文的「和」；「に」雖然也表示並列，但含有「添加」的意思，相當於中文的「和」、「加上」；而「や」表示並列，並且暗示除了列舉的事物之外，還有其他事物。相當於中文的「……啦……啦」等。

○李さんと孫さんが来ました。
／李同學和孫同學來了。（單純的並列）
○李さんに孫さんが来ました。
／李同學又加上孫同學都來了。（含有添加之意的並列）
○李さんや孫さんが来ました。
／李同學啦、孫同學等，都來了。（除列舉的人物外，暗示還有其他人物）

②從文法關係上來看，と可以用「AとBとCとが～」句式，也就是最後一個體言下面，可以再用一個「と」，而「に」、「や」在最後一個體言下面，不能再用「に」或「や」；而「や」可以用「AやBや

Cなど～」**句式，也就是**最後一個體言下面**，可以後續「**など**」，而「と」、「に」的最後一個體言下面不能用「など」。如：**

○日本へ行って東京と京都と大阪とを訪れました。（×に、×や）

／去日本時，拜訪了東京、京都和大阪。

○日本へ行って東京や京都や大阪などを訪れました。（×と、×に）

／去日本時，拜訪了東京啦、京都啦、大阪等地。

---

## ●慣用型

や也可以構造「あれやこれや」、「それやこれや」連語來用，相當於中文的「這個、那個」，或適當地翻譯成中文。

○あれやこれやと考えてみたが、やはり分かりませんでした。

／我左想右想啊，怎麼想也不懂。

○それやこれやで一日暮らしました。

／忙這個忙那個地過了一天。

**〔參考〕**

有時用「～や否や～」這一句式，與「～とすぐに～」的意思相同，連接前後兩個動作，表示前一個動作發生以後，隨即發生了後一個動作。但這時的や，一般視為接續助詞，較不常用，因此「～や否や～」可以當成是一個慣用型。相當於中文的「剛……就……」、「一……就……」、「……立刻……」。

○着くや否や汽車が出ていきました。

／火車剛到站就開出去了。

○バトンを受け取るや否や素早く走り出しました。

／接到接力棒後，立刻就跑出去了。

## 17 やら

やら接在體言、副詞以及用言、助動詞的連體形下面。

**(1)表示並列。「～やら～やら～」的句式，與「～や～(や)」的意義、用法相同，只是最後的一個「やら」不能省略，列舉兩個或兩個以上的事物或動作，並暗示此外還有其他的事物動作，可與や互換使用。相當於中文的「……啦……啦」、「……和……」，或適當翻譯。**

○机の上には本やら雑誌やらが置いてあります。
／桌上擺著書和雜誌。

○ケーキやらお菓子やらたくさんいただきました。
／吃了很多蛋糕、小點心。

○毎日掃除をするやら、洗濯をするやらで暇はありません。
／每天打掃房間、洗衣服，一點也沒有閒暇時光。

○祭りになると、皆は歌うやら踊るやらで大騒ぎをします。
／一到祭典，大家又唱又跳，熱鬧得很。
○嬉しいやら悲しいやらで気持ちは複雑でした。
／既高興又悲傷，心情很複雜。

用「用言のやら用言のやら～」句式並列反對意義的詞語，而下面多用分からない之類的述語。表示搞不清楚是哪一個。相當於中文的「……是……還是」。

○あの人が来るのやら来ないのやらさっぱり分かりません。
／不知道那個人來還是不來。
○内山さんは嬉しいのやら、悲しいのやら分からない顔をしています。
／內山先生的表情，看不出他是高興還是悲傷。
○息子はずっと部屋にいるけど、勉強しているのやらいないのやら、全く分かりません。
／我兒子雖然一直待在房裡，但都不知道他到底有沒有在念書。

(2)表示不大肯定。一般接在疑問詞下面，與副助詞「か」(1)的意思、用法相同，表示不大肯定的人、事、物、時間、地點或數量等。如：

○誰やら来たでしょう。

則表示好像有人來了，至於是誰來了，不是這一句子所要表達的問題。可與か互換使用。往往要根據句子的前後關係成翻譯成中文。

○宿舎には誰やらいるでしょう。

／有人在宿舍裡吧。

○そこに何やら落ちています。

／有什麼東西掉在那裡了。

○何やら食べる物はありませんか。

／有沒有什麼吃的東西嗎？

○あの本は誰にやらあげましたか。

／那本書送給誰了？

○どこにしまってあるのやら、母がいないと分かりません。

／媽媽不在的話，就不知道東西收在哪了。

○あの人がお金を返してくれるのはいつのことやら、当てにはなりません。

／那個人什麼時候會還錢是沒準的。

○いつの間にやら、雨が降り出していました。

／不知什麼時候，下起雨來了。

**(3)表示不準確的推斷。一般用「～とやら」的形式，「と」是表示指定的「と」(如：と言う的と)，與副助詞「か」(2)的意義、用法相同，可與「か」互換使用。相當於中文的「叫什麼……」，或根據前後關係適當地翻譯成中文。**

○内山芳男とやらおっしゃる方がいらっしゃいました。

／有一位叫做內田芳男的先生來了。

○彼は原子化学とやらをやっています。

／他在研究什麼原子化學。

○あの人は渋谷の桜町とやらに住んでいます。
／那個人住在澀谷的什麼櫻町。

## 18 だの

だの接在體言、用言終止形（但形容動詞接在語幹下面）下面，用「～だの～だの」句式，與やら等的並列用法相同，最後的だの也不能省略，表示列舉一些事物並暗示其他。相當於中文的「……啦……啦」。

○庭にはダリヤだの、カンナだのがたくさん咲いています。
／院子裡開著許多大麗菊啦、美人蕉啦。
○コップだの、茶碗だの所帯道具を買ってきました。
／我買來了杯子、飯碗等廚房用具。
○図書館には日本語だの、英語だののいろいろの外国語の本があります。
／圖書館裡有日語、英語等各種外語的書籍。

○人手(ひとで)が少(すく)ないだの、設備(せつび)が足(た)りないだの、いろいろ困難(こんなん)があります。
／像是面臨著人手不夠啦、設備不足等許多的困難。

也可以接在兩個意義相反的詞語下面，表示相同的意思。

○買(か)うだの、買(か)わないだの、一体(いったい)どうしますか。
／買還是不買，到底要怎麼樣？

## ⑲の

の主要接在體言或用言終止形下面，多用「～の～のと」、「～の～の～と言(い)って」，最後的の不能省略。與だの的意義、用法基本相同，表示列舉兩個以上事項。相當於中文的「啦……啦……」，或根據前後關係翻譯成中文。

○バナナの、リンゴの、ミカンのといろいろ買(か)ってきました。
／買來了許多香蕉、蘋果、橘子。

○卓球の、テニスの、バトミントンのと好きです。

／我喜歡打乒乓球、網球和羽毛球。

○やれ忙しいの、やれお金がないのと愚痴をこぼしています。

／他竟發牢騷說什麼忙啊，沒有錢啊。

○なんのかんのと言わないで早くやってしまいなさい。

／不要說三道四，趕快做完！

也可以接在詞意相反的兩個詞語下面，表示相同的意思。可翻譯成中文的「……還是……」。或適當地翻譯。

○行くのか行かないのか早く決めなさい。

／去還是不去，請快一點決定！

○安いの高いのと言って買おうとしません。

／一下說貴又說便宜，卻都不打算買。

## ⑳なり

なり接在體言、助詞或用言終止形下面。接在體言下面時，一般用「體言Aなり、體言Bなり～」，這時候最後一個なり可以省略；接在用言下面時，用「用言Aなり、用言Bなり～」這時最後一個なり不能省略。不論接在體言還是接在用言下面時，都表示從幾種事物或幾項活動中選擇其一。相當於中文的「……也好……也好」、「或者……」。

○太郎なり次郎なり来ればいいですね。
／要是太郎或次郎來就好了。
○コーヒーなり紅茶なり、君の好きなものを注文してください。
／咖啡也好，紅茶也好，你喜歡什麼就點什麼吧！
○早稲田大学なり慶応大学にお入りなさい。
／你進早稲田大學或慶應大學吧！

○お父さんなり、お母さんに相談しなさい。
／請你和父親或母親商量一下！
○八時からなり、九時からなり何時からでも始められます。
／要從八點、九點，或者從幾點開始都可以。
○行くなりやめるなり早く決めなさい。
／去還是不去，請快點決定！
○焼くなり、煮るなりして調理してください。
／用烤或是燉煮都行，請你料理一下。

## ㉑ずつ

也寫づつ，多接在體言下面，也接在ちょっと、少し等程度副詞或ぐらい、ばかり等表示數量、程度的副助詞下面。

**(1)表示等量分配。多用「～に～ずつ」句式，相當於中文的「每……」、「每……各……」。如：**

○一人にこの紙を一枚ずつ持っていってください。

／請每人拿一張紙！

○会費として一人に五千円ずつ納めます。

／每個人交五千日圓作為會費。

○この薬を一回に二錠ずつ飲んでください。

／這個藥，一次請吃兩錠。

○切手とはがきを三百円ずつ買いました。

／郵票和明信片各買了三百日圓。

**(2) 表示等量的反覆。即在某一時間或某一空間反覆進行某一數量的東西。接在數詞下面時，可翻譯成中文的「各」等，接在副詞下面多翻譯成「一點點地」、「一個個地」，或根據前後關係適當地翻譯成中文。**

○毎日三時間ずつアルバイトをします。

／每天（各）打工三小時。

○毎日牛乳を一本ずつ飲んでください。

／請每天（各）喝一瓶牛奶！

○父の収入は毎年一万円ばかりずつ増加します。

／父親的收入每年增加一萬多日圓。

○この時計は一日に五分ずつ遅れます。

／這支錶一天（各）慢五分鐘。

○一列に並んで一人ずつ入りなさい。

／請排成一列，一個一個進去！

○日本語が少しずつ上手になりました。

／日語一點一點地進步了。

值得注意的是：在中日兩國語言互譯時，我們學習日語的人，往往將ずつ的位置擺錯。如：

×一人ずつ奨励金を一万円もらいました。

這樣翻譯就把ずつ的位置擺錯了。應該翻譯成：

○一人(ひとり)に奨励金(しょうれいきん)を一万円(いちまんえん)ずつもらいました。

／每人（各）領了一萬日元的獎金。

# 第四章　終助詞

終助詞接在句子的最後或文節的末尾，具體地講，接在體言、用言、助動詞的終止形下面（其中接在形容動詞下面時，也可以接在語幹下面），也接在某些助詞或個別副詞下面，帶有感嘆、疑問、質問、反語或其他種種語氣。如：

○これは李先生の書いた小説よ。

／這是李老師寫的小說呢！

○急がなければ遅れるぞ。

／不快一點就要遲到了喔！

○一緒に行くのが嫌か。

／妳不願意一起去嗎？

○これはこれは素晴らしい眺めですねえ。

／真是優美的風景啊。

○君の意見はそれだけか。

／你的意見就只有這些嗎？

氣。上述句子裡的よ、ぞ、か、ねえ等都是終助詞，都接在句子的最後，添增各種語氣。

終助詞有か（かい）、ね（ねえ）、よ、な、ぞ、ぜ、わ（わい）、の、さ、とも、かしら等。現在分別加以說明。

## 1か（かい）

か有時說成かい，意思雖相同，但不夠鄭重，顯得粗俗。主要接在末句的體言、用言終止形（其中形容動詞接在語幹下面）、助動詞的終止形或某些助詞下面。

### (1) 表示疑問、質問。相當於中文的「嗎」、「呢」等。

○あれは映画館（えいがかん）か。
／那是電影院嗎？
○あそこは静（しず）かか。
／那裡安靜嗎？

○この魚（さかな）は新鮮（しんせん）か。
／這條魚新鮮嗎？
○李君（りくん）は教室（きょうしつ）にいるか。
／李同學在教室裡嗎？
○君（きみ）の意見（いけん）はそれだけか。
／你的意見就只有這些嗎？
○これは君（きみ）の本（ほん）ですか。
／這是你的書嗎？

値得注意的是：か（かい）不能接在だ下面，因此上面第一句、第二句兩個句子不能說成下面的句子：

×それは映画館（えいがかん）だか。
×あそこは静（しず）かだか。

か（かい）接在否定詞語下面時，加強疑問的語氣。

○まだ分からないか。
／還不懂嗎？
○あなたは行きませんか。
／你不去嗎？

**(2)表示反問、反語。以反問句的形式，表示相反的內容。相當於中文的「……嗎」。**

○そんなことがあるものか。
／有那種事嗎？
○果たしてそうであろうか。
／果真是那樣嗎？
○これは内村先生の写真ではありませんか。
／這不是內村老師的照片嗎？
○誰がそれを信じられようか。
／有誰會相信那種事？

因為是表示反問，所以上述句子用「肯定句か」時，表示否定，用「否定句か」時，則表示肯定。如第一句則表示沒有那樣的事，第三句則表示這是內村先生的照片。

有時也表示勸誘、囑咐、自問自答、願望等，但一般根據前後關係是可以理解的，在這裡就不再贅述。

## ②かしら

かしら是か和知らぬ結合起來構成的終助詞，但現在已不講～かしらぬ，只講かしら。他的接續關係與か相同，是疑問助詞，表示懷疑、質問、希望、請求或不十分肯定。為女性用語，男性不常使用，要根據前後關係翻譯成中文。

○このバスは駅へ行きますかしら。
／這台公車是往車站去嗎？

○こんな薬を飲んでいいかしら。
／這種藥可以吃嗎？

（以上表示疑問）

○あの人は本当に信用できますかしら。
／真的可以相信那個人嗎？（表示懷疑）
○その本を貸していただけないかしら。
／能不能把那本書借給我？（表示請求）
○誰か、手伝ってくれないかしら。
／有人能幫幫忙嗎？（表示不太肯定）

## ③な（なあ）

な和なあ兩者意思、用法大致相同，都接在句末或文節末尾的用言、助動詞終止形下面，有時接在用言、助動詞連用形下面，表示禁止、感嘆、勸誘、命令等。

**(1)表示禁止。接在動詞終止形下面，只用「な」，不用「なあ」，構成簡體句子，與「～てはいけない」意思相同。相當於中文的「不要」。**

○試験の時には決して慌てるな。
／在考試的時候，絕不要慌！

○そんなつまらない本を読むな。
／不要讀那種無聊的書！

○負けるな！しっかりやれ！
／不要輸了！加油啊！

○でたらめを言うな！
／不要胡說八道了！

○遠いところへ行くな！
／不要往遠處去！

(2)表示命令、勸誘。接在動詞連用形下面，是「～なさい」的省略形式，因此一般用「な」，而不用「なあ」。表示帶有命令語氣的勸誘。用於關係特別親密的人們之間。可翻譯成中文的「……啊」。

○暗くなったから電気をつけな。
／天黑了，開燈吧！
○はやく行ってきな。
／快去快回！
○ゆっくり食べな。
／慢慢地吃啊！
○明日早く起きな。
／明天早點起來啊！

也接在ください、なさい、ごらん、ちょうだい等下面（其中ちょうだい是女性、兒童用語），多用な，有時也用なあ來加強請求的語氣。

○もう一度読んでくださいな。
／再念一遍！
○ごらんな、怪我をしたじゃないか。
／你瞧！受傷了吧！

○ちょっと手伝(てつだ)ってちょうだいなあ。

／請幫幫忙！

**(3) 表示感嘆、願望、斷定。有時用「なあ」以加強語氣。相當於中文的「……啊」。**

○嬉(うれ)しいな。

／真高興啊！（表示感嘆）

○よくできたな。

／做得很好啊！（表示感嘆）

○はやくお医者(いしゃ)さんに診(み)てもらったらなあ。

／要是早一點請醫生看就好了！（表示願望）

○明日(あした)は晴(は)れると思(おも)うなあ。

／我想明天會放晴的啊！（表示主張）

**(4) 用來加強語氣，為男性用語。接在句子的最後或各種文節的末尾，既用**

**「な」也用「なあ」，由於它可以接在文節的末尾，因此有的學者稱之為間投助詞，加強使對方理解的語氣，比「ね（ねえ）」語氣強。可根據前後關係翻譯成中文。**

○仕事(しごと)が終(お)わったらな、帰(かえ)っていいよ。
／工作結束後，就可以回去啦！

○この工場(こうじょう)はなあ、日本(にほん)の設備(せつび)を取(と)り入(い)れているよ。
／這個工廠啊，引進了日本設備喔。

○きれいだなあ、いろいろな花(はな)が咲(さ)いていますね。
／真美啊！開了這麼多的花。

## ④ね（ねえ）

ね接在句末的用言、助動詞的終止形及體言、助詞等下面，有時說成ねえ，比ね的語氣更強一些。

(1)表示斷定、主張。一般以輕微感嘆的語氣，對某一事物進行斷定或主張。相當於中文的「啊」。

○この部屋とても暑いねえ。

／這個房間好熱啊！

○いい天気だね。

／天氣真是好啊！

○この本は随分いいですね。

／這本書真好啊！

○美しいところですね。

／這地方真美啊！

○そうですね。大変説明しにくい問題ですがねえ。

／哎呀！這真是個很難說明的問題啊！

(2)表示輕微的囑咐，或徵求對方同意促使對方回答。相當於中文的「啊」、

「吧」、「嗎」等。

○それはいけませんね。

／那可不行啊！

○もう一度(いちど)行(い)きましょうね。

／我們再去一次吧！

○もう帰(かえ)るかね。

／你要回去了嗎？

○朝早(あさはや)く起(お)きるためには、夜(よる)もっと早(はや)く寝(ね)ることだね。

／為了早上早點起來，晚上要早點睡啊。

**(3)表示疑問、責問，與「か（かい）」的意思大致相同，相當於中文的「呢」、「嗎」等。**

○ここに何(なん)と書(か)いてあるね。

／這裡寫著什麼？

○君も行くかね。
／你也去嗎？

○私の言うことが分からないかねえ。
／我說的你不懂嗎？

### (4) 加強語氣，促使對方注意。一般接在句子裡的各種文節或單語下面，因此它與「な」(4)一樣，有的學者稱之為間投助詞。比「な」語氣緩和。相當於中文的「啊」。

○雨がね、また降り出しました。
／雨啊，又下了起來。

○明日はね、僕は用事があって来られません。
／明天啊，我有事不能來。

○あの人に頼んだらね。すぐ解決してくれました。
／只要拜託他啊，他就立刻幫我解決了。

○あのね、一緒(いっしょ)に行(い)かないか。

／哎！一起去吧！

## 5さ

さ接在語末的用言、助動詞的終止形下面（其中形容動詞接在語幹下面）。或接在體言、助詞等下面。男性用語，並且多用於關係密切的人們之間，對長輩或鄭重的場合一般不用。

**(1)表示斷定或自己的主張。含有不言而喻的語氣，雖可換用「だ」或「のだ」，但換用後則不再有這種語氣。相當於中文的「了」、「啊」、「呀」等。**

○そんなことはあたりまえさ。

／那是理所當然的呀。

○それはまったく君(きみ)の言(い)う通(とお)りさ。

／完全像你所說的那樣。

○ビールでもいいさ。

／啤酒也可以。

○僕(ぼく)にだってできるさ。

／我也會啊。

○僕(ぼく)はそれが大好(だいす)きさ。

／我很喜歡那種東西。

○そう心配(しんぱい)することはないさ。

／沒必要這麼操心的。

**(2)表示質問、反駁。一般用「疑問詞さ」句式，與「か」的意思、用法大致相同，但語氣粗俗，可換用「か」。相當於中文的「呀」、「啊」。**

○何(なに)さ。

／什麼呀！

○どこへ行(い)ったのさ。
／你到哪兒去了啊？
○どう書(か)くのさ。
／怎麼寫啊？
○何(なに)を読(よ)んでるのさ。
／你在看什麼啊？

**(3) 加強語氣，促使對方注意。由於它接在句子裡的各種文節下面，有人稱之為間投助詞。相當於中文的「啊」。**

○だからさ、早(はや)く行(い)こうよ。
／所以啊！快點走吧！
○昨日(きのう)はさ、大雨(おおあめ)に降(ふ)られて困(こま)ったよ。
／昨天啊，被大雨淋到很困擾呢！
○兄(にい)さんもさ、あなたのことを随分心配(ずいぶんしんぱい)したようですよ。
／你哥哥啊，好像也很擔心你呢。

## 6 わ（わい）

わ、わい都是接在句末的用言、助動詞終止形下面，わ為女性用語；わい為男性專用，都表示驚奇、感嘆或輕微的主張或斷定。相當於中文的「啊」等。

〇はっきりお断りしたわ。

／我明確地謝絕了啊。（表示主張）

〇あの人が怒るのはあたりまえだわ。

／那個人會生氣是理所當然的。（表示主張）

〇まあ、きれいだわ。

／啊！真美啊。（表示感嘆）

〇あら、いつの間にか日が暮れてしまいましたわ。

／哎呀！什麼時候太陽已經下山了。（表示感嘆）

〇なんだか恥ずかしいわ。

／總覺得很害羞啊！（表示主張）

有時也用「～わよ」、「～わね」（都是女性用語），來表達想法或徵求對方同意。

○いいわよ、いいわよ。そんなに謝(あやま)らなくても。

／沒關係！沒關係！不用這麼拚命道歉。

○今日(きょう)、随分寒(ずいぶんさむ)いわね。

／今天真冷啊！

以上都是女性用語。

○これでやっと安心(あんしん)できるわい。

／這下終於能夠安心了。（表示主張）

○いやなら、お前(まえ)に頼(たの)まないわい。

／你不願意的話，我就不拜託你了。（表示主張）

○これは案外面白(あんがいおもしろ)いわい。

／這個意外地有趣啊！（表示感嘆）

以上都是男性用語。

## 7 ぞ、ぜ

ぞ、ぜ都是男性用語，女性不用。兩者接在句末的用言、助動詞終止形下面，表示警告或提醒。但ぞ與ぜ比較起來，語氣稍微緩和一些。兩者都只能對親密的人或下級晩輩使用，對尊長不用。相當於中文的「啊」。

○おい、もう時間だぞ。
／喂！時間已經到了喔！

○一人で遠くまで泳いだら危ないぞ。
／一個人往遠處游，很危險啊！

○おい、蛇がいるぞ。
／喂！有蛇啊！

○そんなことをすると、怒られるぞ。
／你要是做那種事，可會挨罵啊！

○自転車で行くのは相当つらいぜ。
／騎腳踏車去，會很累的啊！

○そんなことをすると、承知(しょうち)しないぜ。

／你要是做那種事，我可饒不了你啊！

## ⑧よ

よ多接在句末的用言、助動詞終止形下面，其中形容動詞接在語幹下面，有時接在體言等下面，基本含意只是加強或緩和語氣，進一步分析後，有以下幾個用法：

### (1)表示自己的主張或喚起對方注意。相當於中文的「啊」，或適當翻譯。

○実(じつ)に素晴(すば)らしいよ。

／真棒呀！

○内山先生(うちやませんせい)のお庭(にわ)はとても広(ひろ)いよ。

／內山老師的院子很大呀！

○どんなことがあったって行(い)くよ。

／不論發生什麼事，我都會去喔！

○ほしければあげますよ。
／你要的話，我送給你。
○菊の花が咲いたよ。きれいな花だよ。
／菊花已經開了，是很美的花喔！
○そこが問題だよ。
／那裡正是問題所在呀！
○さあ、練習だよ。
／哎！開始練習囉！

有的時候，也接在體言或形容動詞語幹下面。如：

○これは周君の論文よ。
／這是周同學寫的論文。
○もうこの時計は古くて直してもだめよ。
／這隻錶已經舊得修也修不好了。

**(2)接在命令句或禁止命令句下面（多是簡體句），用以緩和命令、禁止命令的語氣。相當於中文的「啊」、「吧」。**

○おい、はやく歩(ある)けよ。

／喂！快點走啊！

○待(ま)っているから、はやくおいでよ。

／我在等你，快點來啊！

○あんなくだらない小説(しょうせつ)を読(よ)むなよ。

／不要看那種無聊的小說啊！

○嘘(うそ)をついてはいけませんよ。

／不要撒謊啊！

**(3)接在勸誘句（即用「う」、「よう」、「ましょう」結束的句子）下面，用來緩和語氣。**

○授業(じゅぎょう)が済(す)んだら、一緒(いっしょ)に行(い)こうよ。

／下課後，我們一起去吧！

○映画（えいが）でも見（み）に行（い）きましょうよ。

／我們去看電影吧！

(4)表示疑問、質問。句子裡有疑問詞或接在終助詞「か」下面。與「か」、「のか」意思、用法相似，含有懷疑，責難對方的語氣。相當於中文的「啊」、「呢」、「嗎」等。

○どこへ行（い）くんだよ。

／要到哪兒去啊？

○なぜはやく準備（じゅんび）しないのよ。

／你為什麼不早點準備呢？

○君（きみ）、そんなことしていいのかよ。

／你可以做那種事嗎？

(5)表示呼喚。多用於句子中間的文節的體言下面，呼喚某人或某種事物。相當於中文的「啊」等。

○次郎(じろう)よ、しっかりやれ。
／次郎啊！要加把勁。
○雨(あめ)よ、もう止(や)めよ。
／雨啊！別再下了！
○東京(とうきょう)よ、これでお別(わか)れだ。
／東京啊！再見吧！

女性有時也用てよ、でよ等，但不太普遍。

## ⑨や

や接在句末的動詞的命令形、禁止命令的な下面，或接在助動詞よう、う下面；也在形容詞、助動詞的終止形下面，表示下面幾種意思。為男性用語，女性不用。

**(1) 表示命令、禁止。一般接在動詞命令形、禁止命令的終助詞「な」下面，一般用於同輩或晚輩，對上級、尊長不用。相當於中文的「啊」、「吧」等。**

○はやく行けや。
／快點走啊！

○そんなこともうよせや。
／不要做那種事啊！

○注意しろや。
／注意點啊！

○君も一緒に来いや。
／你也一起來吧！

○勝手に紙屑を捨てるなや。
／不要隨便扔紙屑啊！

(2)表示勸誘。接在助動詞「よう」、「よ」下面。也只用於晚輩或同輩之間，不可以用於上級、尊長。相當於中文的「吧」、「了」。

○もう帰ろうや。
／該回去了。

○この問題をはやく解決しようや。

／快點解決這個問題吧！

**(3)表示感嘆。接在形容動詞語幹下面或接在形容詞、部分助動詞（たい、ない）終止形下面，表示輕微的感嘆，一般是自己說給自己聽。相當於中文的「啊」、「了」。**

○実にきれいや。

／真漂亮啊！

○ふん、なかなか面白いや。

／哦！真有意思啊！

○僕にはできないや。

／我是做不到的啊！

○まあ、いいや、しっかりやろう。

／哎！好吧！努力做吧！

### (4)表示呼喚。這時接在體言下面，用於句子中間的某一文節下面。相當於中文的「啊」。

○太郎（たろう）や、手伝（てつだ）ってくれ！
／太郎啊！幫幫忙！

○花子（はなこ）や、新聞（しんぶん）を取（と）ってきてくれ！
／花子啊！把報紙拿來！

## ⑩とも

とも的接續面較廣，幾乎可以接在句末的所有用言、助動詞終止形下面。（但不能接在體言、副詞等下面），以加強語氣，含有理所當然、不可言喻，十分肯定的語氣。可翻譯成中文的「一定」、「當然」、「就是」等。

○それでいいとも。
／那樣就可以。

○大いに勉強するとも。
／一定會努力用功。

○あなたも行きますか。
／你也去嗎？
行きますとも。
／我當然去啊。

○君もこの汽車で帰りますか。
／你也是坐這班火車回去嗎？
ええ、この汽車で帰りますとも。
／是啊！就是坐這班火車回去。

○君が実際見たのですか。
／你親眼看見了嗎？
見たとも、見たとも。
／我當然看見了，當然看見了。

○それは本当か。
／那是真的嗎？

本当(ほんとう)だとも。

／當然是真的啊。

另外還有え、い、の、もの、ものか、こと、け等終助詞，但使用的頻率都不是很高，因此不再一一說明。

# 結束語

以上是基礎日語文法中助詞的主要用法。關於助詞的分類，是有多種分類方法的，而本書主要根據常見的、實用的分類方法來分成了四類，即格助詞、接續助詞、副助詞、終助詞。由於是基礎文法，一些用在文章裡的書面語文法或一些較複雜的助詞用法，則沒有收錄於本書，不特別做說明。另外由於本書的篇幅有限，對某些助詞用法未能詳盡地做說明，特別是針對一些近義助詞（如表示在的に、で與を；表示共同動作的に與と等）的說明，還盼讀者諒解。由於編者的水平和掌握的資料有限，錯誤不足之處，在所難免，希望讀者指正。

# 附錄・索引

# 索引

本索引收錄書中列出例句、做過說明的助詞，且按日語五十音即あ、い、う、え、お順序編排，方便讀者快速查閱。


～からといって ………157

～からとて ……………157

～からには ……………155

から～まで ……………116

【く】

ぐらい(くらい) …………316

ぐらいなら～方がいい …321

ぐらいなら～方がましだ …321

ぐらい～ものはない …320

【け】

けれども ………………160

【こ】

こそ …………………235

【い】

いうまでもない(く) ……281

いくら～ても …………185

【か】

か(副詞) ……………328

か(かい)(終助) ……359

が(格助) ……………… 39

が(接助) ………………160

か～か～ ………………333

かしら …………………362

～かどうか～ …………335

～かとおもうと～た ……209

から(格助) ……………113

から(接助) ……………152

～からこそ ……………239

～からと ………………156

せめて～ぐらい ………322

【そ】

ぞ………………………376

【た】

だけ……………………281
～だけあって …………287
～だけではなく ………289
～だけに………………286
～だけのことはある……286
～だけのことはない …286
だって …………………267
たとえ～ても …………184
だの……………………348
たり ……………………145

【て】

て………………………126
で………………………103
～てかなわない ………136
～こそ～すれ …………241
～こそ～ないが ………240

【さ】

さ………………………371
さえ ……………………253
さえ～たら ……………257
さえ～なら ……………257
さえ～ば ………………255

【し】

し………………………149
しか ……………………293

【す】

ずつ……………………352
すら ……………………258

【せ】

ぜ………………………376

～てやりきれない ……136


【　と　】

と(格助) ……………… 90
と(接助) ………………199
～といい ………………211
～というと………………208
～といわんばかりに …306
～といわんばかりの …306
～といけない …………212
～といっしょに…………101
とか ……………………337
とか～とかいう…………338
～とくると………………208
ところ …………………213
ところが ………………213
ところで ………………215
～としたら ……………102
～として ………………101
(一つ(ひと))として～ない …102
～とすぐに ……………343
～てから ………………115
～てこそ ………………138
～てしかたがない ……135
～てしようがない………135
～てたまらない ………135
～てちょうだい ………137
～て～て ………………129
ては ……………………171
～ではあるまいし ……151
～てはいけない ………177
～てはこまる …………177
～てはじめて …………138
～てはだめだ …………177
～ではなかろうし ……151
～てほしい ……………137
ても ……………………178
でも ……………………259
～てもいい ……………182
～てもかまわない ……183
～てもしかたがない …183
～てもよろしい ………182

～において……………… 76
～における……………… 76
～にかんして…………… 77
～にかんする…………… 78
～にきまっている…… 82
～にしては………………178
～にすぎない…………… 83
～にたいして…………… 78
～にたいする…………… 79
～にちがいない……… 82
～について……………… 77
～についての…………… 77
～につれて……………… 81
～にとっては…………… 79
～にとっての…………… 80
(する)には……………… 74
～には～が……………… 75
～にほかならない…… 83
～によって……………… 80
～とすると……………102
～とすれば……………102
～とだめだ……………212
～とともに……………101
～となると……………208
～とばかり……………307
とも(接助)……………189
とも(終助)……………384
どんなに～ても………260


【な】


な(なあ)………………363
ながら…………………139
なぞ……………………326
など……………………323
なり……………………351
なんか…………………326
なんぞ…………………326


【に】


に………………………… 61

(た)ばかりだ …………303
(ん)ばかり ……………305
ばかりでなく …………301
ばかりになる …………305
～ばこそ ………………240
～ば～だけ……………290
～ば～ほど ……………197
～ばよかった …………197


【 へ 】

へ………………………… 84
～へ～へと …………… 88
～への～……………… 88


【 ほ 】

ほど ……………………308
～ほどでもない ………312
～ほどのことではない…311
～ほどのことはない …311
～ほど～ない …………313


【 ね 】

ね(ねえ)………………367


【 の 】

の(格助)……………… 47
の(副助)………………349
ので……………………157
のに……………………166
～のは～からだ ………154
のみ……………………291
のみならず ……………292
～のやら～のやら ……345


【 は 】

は………………………225
ば………………………191
～ばいい………………196
ばかり …………………297
ばかりか ………………302
(する)ばかりだ ………305

【　よ　】

～よう(う)が～…………164
～よう(う)が～よう(う)が～…165
～よう(う)が～まいが～ 166
～よう(う)と～…………209
～よう(う)と～～よう(う)と～ 210
～よう(う)と～まいと …210
～よう(う)とも～まいとも 190
より ……………………116
～よりしか～ない………297
～よりほかに～ない …120
～よりもむしろ～ほうがいい…121

【　わ　】

わ(わい)………………374

【　を　】

を……………………… 53

【　ま　】

まで ……………………271
までもない ……………280
(する)までだ …………279
(～た)までだ …………280
(ない)までだ …………279

【　も　】

も ………………………242
もの ……………………217
～ものだから …………155
ものの …………………218
ものを …………………220

【　や　】

や(副助)………………339
や(終助)………………381
～やいなや……………343
やら ……………………344

メモ

メモ

基礎日本語 助詞 / 趙福泉著. -- 初版. --
臺北市 : 笛藤, 2020.09
面； 公分
大字清晰版
ISBN 978-957-710-795-4(平裝)

1.語法 2.助詞 3.日語

803.167 109013135

2020年10月5日 初版第1刷 定價380元

| | |
|---|---|
| 著者 | 趙福泉 |
| 編輯 | 詹雅惠‧黎虹君 |
| 編輯協力 | 張嘉雯 |
| 封面設計 | 王舒玗 |
| 總編輯 | 賴巧淩 |
| 編輯企畫 | 笛藤出版 |
| 發行所 | 八方出版股份有限公司 |
| 發行人 | 林建仲 |
| 地址 | 台北市中山區長安東路二段171號3樓3室 |
| 電話 | (02) 2777-3682 |
| 傳眞 | (02) 2777-3672 |
| 總經銷 | 聯合發行股份有限公司 |
| 地址 | 新北市新店區寶橋路235巷6弄6號2樓 |
| 電話 | (02)2917-8022‧(02)2917-8042 |
| 製版廠 | 造極彩色印刷製版股份有限公司 |
| 地址 | 新北市中和區中山路二段380巷7號1樓 |
| 電話 | (02)2240-0333‧(02)2248-3904 |
| 印刷廠 | 皇甫彩藝印刷股份有限公司 |
| 地址 | 新北市中和區中正路988巷10號 |
| 電話 | (02)3234-5871 |
| 郵撥帳戶 | 八方出版股份有限公司 |
| 郵撥帳號 | 19809050 |

大字清晰版
# 基礎日本語
## 助詞